KB182580

The Diary of Anne Frank

안네의 일기

안네 프랑크 원작

주유경 엮음 · 김현정 그림

지경사

"나의 소망은
죽어서도 영원히 사는 것"

이 책은 제2차 세계 대전 당시 독일군을 피해 숨어 살아야
했던 유대 인 소녀 안네 프랑크의 일기입니다.
안네는 생일날 선물로 받은 일기장에 '키티'라는 이름을
지어 주고 속마음을 모두 털어놓습니다.
〈안네의 일기〉에는 전쟁에 대한 두려움, 부모님과의 갈등,
이성 친구에 대한 고민, 가족에 대한 사랑, 자신에 대한
반성 등의 이야기가 꼼꼼히 적혀 있습니다.
이처럼 안네는 감당하기 힘들었던 불행한 시기를 홀로
일기를 쓰면서 견뎌 낸 것입니다.
전쟁이 끝난 뒤, 안네의 가족을 숨겨 주었던 사람들은 한
청소부의 도움으로 〈안네의 일기〉를 발견했습니다.

그리고 유일하게 살아남은 안네의 아버지 오토 프랑크에게
이 일기를 전해 주었습니다.
프랑크 씨는 가족을 그리는 마음에서 이 일기를 복사하여
가까운 친구들과 함께 읽었습니다.
그러던 중에 우연히 이 일기를 본 어느 대학 교수의 권유로
〈안네의 일기〉는 1947년 6월 네덜란드에서 '은신처'라는
제목으로 처음 출판되었습니다.
그 후에 〈안네의 일기〉는 세계 각국에서 출판되었고,
1959년 미국에서는 영화로 만들어지기도 했습니다.
'나의 소망은 죽어서도 영원히 사는 것'이라 말하던
안네의 바람은 이렇게 이루어진 것입니다.

엮은이 주유경

차례

등장 인물

안네 프랑크
〈안네의 일기〉를 쓴 유대 인 소녀.
나치의 박해를 피해 은신처에서 숨어 지내는
2년 동안의 일을 '키티'라고 이름 붙인
자신의 일기장에 자세히 기록한다.
밝고 명랑한 성격으로 전쟁의 고통을 잘 이겨 낸다.

오토 프랑크
안네의 아버지.
자상한 성격과 너그러운
마음씨를 지녀 안네가
무척 좋아한다.
전쟁이 끝난 뒤, 〈안네의 일기〉를
책으로 엮어 세상에 내놓는다.

에디트 프랑크
안네의 어머니.
은신처에서 숨어 지내는 동안
많이 약해진다.
사춘기에 접어든 딸 안네와
사이가 나빠져 마음 고생을 한다.

마르고트 프랑크
안네의 언니.
매우 똑똑하고
현명하다.
안네의 고민을 곧잘
들어 준다.

페터 판 단
판 단 부부의 아들.
열여섯 살 정도의 소년으로,
소심하게 보일 정도로 얌전하다.
안네와 마음을 나누는
친구 사이가 된다.

판 단 부부
은신처에서 안네 가족과
함께 지낸다.
참견하기 좋아하고 잔소리가
심해서 안네와 사사건건 충돌한다.

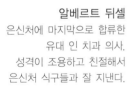

알베르트 뒤셀
은신처에 마지막으로 합류한
유대 인 치과 의사.
성격이 조용하고 친절해서
은신처 식구들과 잘 지낸다.

미프와 헹크
안네 가족을 도와 주는
고마운 네덜란드 인 부부.
전쟁이 끝난 뒤, 〈안네의 일기〉를
보관하고 있다가 안네의 아버지에게
전해 준다.

엘리 포센
오토 프랑크 사무실의
타이피스트.
은신처 식구들을
도와 준다.

코프하이스
오토 프랑크의 직장 동료.
밝고 명랑한 성격으로 은신처
식구들에게 용기를 준다.

포센
엘리의 아버지.
은신처 식구들이 들키지 않도록 비밀문
등 여러 가지 장치를 만들어 준다.

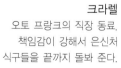

크라렐
오토 프랑크의 직장 동료.
책임감이 강해서 은신처
식구들을 끝까지 돌봐 준다.

Ik zal hoop ik aan jou alles kunnen
toevertrouwen, zoals ik het nog aan
niemand gekunt heb, en ik hoop dat
ji mij een grote steun aan me zult zijn.
Anne Frank. 12 Juni 1942.

키티! 너에게만은 지금까지 그 누구에게도
말할 수 없었던 것들을 모두 털어놓을 수 있을 것 같아.
부디 마음의 기둥과 커다란 위안이 되어 주기를……

- 1942년 6월 12일, 안네 프랑크 -

반가워, 키티!

6월 12일 금요일 아침에는 6시에 잠이 깼어. 그 날은 바로 내 생일이었거든. 생일이라고 해도 너무 일찍 일어나면 엄마 아빠한테 꾸중을 듣기 때문에 호기심을 누르면서 꼼짝 않고 누워 있었어.

7시 15분 전, 난 더 이상 참을 수 없었어. 식당에 가 보니 귀여운 고양이 모르체가 반갑게 맞아 주었어.

7시가 되자마자 아빠 엄마께 아침 인사를 하고 곧장 거실로 가서 선물 꾸러미를 풀어 보았어. 맨 처음에 나온 것이 바로 너야. 너무나 근사한 선물이었어. 테이블 위에는 장미꽃다발, 화분 하나, 모란꽃이 있었어. 꽃은 그 후에도 선물로 많이 받았단다.

친구들도 선물을 많이 보내 주었어. 힐데브란트의 단편집 〈요지경〉, 과자, 초콜릿, 브로치, 요셉 코헨이 쓴 〈네덜란드의 신화와 전설〉, 데이지가 쓴 〈산의 휴일〉  그리고 약간의 돈도 있었지. 이제 이 돈으로 원하던 〈그리스 로마 신화〉를 살 수 있게 되었어. 야, 신난다!

선물을 정리하고 있을 때, 리스가 와서 함께 학교에 갔어. 쉬는 시간에 친구들에게 비스킷을 나눠 주고 다시 공부했어.

자, 오늘은 이만 안녕!

우린 틀림없이 좋은 친구가 될 거야!

1942년 6월 15일 월요일

어젠 일요일이라 오후에 생일 파티를 열었단다.

친구들과 영리한 개가 나오는 영화 〈등대지기〉를 봤어. 무척 재미있었어.

내 생일 파티에는 여자 친구뿐만 아니라 남자 친구들도 많이 왔어. 엄마는 내가 남자 친구들 중 이다음에 누구와 결혼하게 될지 무척 궁금해하셨어.

나는 페터 베셀이 제일 맘에 들어. 만약 엄마가 이 사실을 알게 된다면 아마 기절할 정도로 놀라실 거야.

예전에는 리스 고센과 산네 하우트만이 나의 둘도 없는 여자 친구였는데, 유대 인 중학교에 와서 요피 드 발을 사귀게 되었어. 요즘은 요피랑 제일 친하게 지내.

1942년 6월 20일 토요일

며칠 동안 일기를 쓰지 않았어. 일기를 쓰는 일에 대해 진지하게 다시 생각해 보고 싶었거든. 나 같은 여자 아이가 일기를 쓰다니 왠지 좀 우습지 않아?

난 지금까지 일기를 써 본 적이 없었고, 어떤 사람도 열세 살짜리 여학생의 고백 따위엔 흥미가 없을 테니까. 하지만 그런 것은 아무래도 상관없어. 나는 일기를 쓰고 싶어. 마음 속 깊이 숨겨 둔 모든 비밀들을 다 털어놓고 싶어.

'종이는 사람보다 참을성이 강하다.'는 속담이 있어.

밖으로 놀러 나갈까, 그냥 집에 있을까 망설여질 정도로 우울했던 어느 날, 턱을 괴고 멍하니 앉아 있는데 문득 이 말이

떠올랐어.

　그래, 분명히 종이는 참을성이 많아. 이 일기장은 내 이야기
를 묵묵히 잘 들어 줄 거야. 난 이 일기장을 절대로 아무에게
나 보여 주지 않을 거야. 진정한 친구가 생기면 그 때는 생각
해 보겠어. 아직은 내게 진정한 친구가 없으니까 여기에 무엇
을 쓰든지 신경을 쓰는 사람은 아마 없겠지. 사실 열세 살밖에
안 된 소녀가 이 세상에서 혼자인 것처럼 외로움을 느낀다면
아무도 믿지 않을 거야. 그러니 좀더 자세히 이야기해 줄게.

　내게는 사랑하는 부모님과 열여섯 살 된 언니가 있어. 친구
라고 부를 수 있는 아이들도 30명쯤이나 있어. 남자 친구들도
많아. 그 아이들은 벽에 걸린 거울을 통해서라도 나를 한 번이
라도 더 보려고 기웃거리곤 해. 가깝게 지내는 친척들도 많이
있어. 모두들 친절하고 좋은 분이셔.

그리고 난 좋은 집에서 살고 있고, 부족함 없이 풍족하게 자라 왔어. 그러나 친구들이 많이 있어도 그저 웃고 떠들거나 농담을 주고받을 뿐이야. 나는 그들과 아주 평범한 이야기밖에는 나누지 않아. 친구들과 마음이 통하지 않는다는 것이 바로 내 고민이야.

그래서 일기를 쓰기로 한 거야. 앞으로 이 일기장을 내 마음의 친구로 삼고, '키티'라고 부르겠어. 하지만 갑자기 편지를 쓰기 시작하면 네가 놀랄 테니까, 우선 나를 간단히 소개할게.

우리 아빠는 36세 때 엄마와 결혼하셨는데 엄마는 그 때 25세셨어. 마르고트 언니는 1926년 독일 프랑크푸르트 암마인에서 태어났고, 그 후 1929년 6월 12일에 내가 태어났어.

우리 가족은 유대 인이기 때문에 1933년 독일에서 네덜란드로 옮겨 왔어. 독일의 독재자 히틀러가 유대 인을 심하게 탄압했기 때문이야.

당시 독일에 남은 친척들은 히틀러의 유대 인 탄압 정책 때문에 불안한 생활을 하고 있었어. 1938년, 여기저기서 유대 인 학살 사건이 일어나자 외삼촌 두 분은 미국으로 피하셨고, 할머니는 우리 집으로 오셨어. 그 때 할머니는 73세셨어.

1940년 5월부터 행복했던 시절은 갑자기 사라져 버렸어. 독일과 네덜란드의 전쟁에서 네덜란드가 항복하자 독일군이 네덜란드로 쳐들어온 거야. 우리 유대 인들의 불행은 이 때부터 본격적으로 시작되었어.

유대 인을 탄압하는 명령이 잇달아 발표되었고, 우린 노란 별을 달아야만 했어. 갖고 있던 자전거를 모두 나라에 바쳐야 했고, 전차를 타서도 자동차를 운전해서도 안 되었어. 또한 오후 3시부터 5시 사이에만 물건을 살 수 있는데, 그것도 '유대 인 상점'이라고 표시된 가게에서만 사야 했어. 밤 8시부터는 외출도 할 수 없었어. 자기 집 뜰에도 나갈 수 없었지.

극장에도 갈 수 없었고, 운동 경기에도 참가할 수 없었어. 아이들은 유대 인 학교에 다녀야만 했어. 이처럼 우리 생활은 안 되는 것투성이야. 그래도 우리는 매일매일 그런 것들에 상관하지 않고 그럭저럭 잘 살아왔어.

내 친구 요피는 자주 이렇게 말하곤 해.

"무슨 일을 할 때마다 이것도 유대 인에게 금지되어 있는 것은 아닌가 해서 겁을 먹게 돼."

우리들이 마음놓고 할 수 있는 건 아무것도 없는 것 같아. 그렇지만 아직은 그래도 견딜 만해.

할머니는 1942년 1월에 돌아가셨어. 하지만 할머니는 지금도 내 마음 속에 살아 계셔. 내가 얼마나 할머니를 사랑했는지 아무도 모를 거야.

1934년 나는 몬테소리 유치원에 들어갔고 초등 학교도 거기서 다녔어. 졸업을 하게 되어 담임 선생님과 헤어지게 되었을 때는 너무 슬펐어. 1941년에 나는 마르고트 언니와 함께 유대 인 중학교에 들어갔어. 언니는 4학년, 나는 1학년이야.

키티, 우리 사이에 조금씩 우정이 싹트는 것 같구나.
그럼 내일까지 안녕!

1942년 6월 21일 일요일

키티!

우리 반 아이들은 모두 겁을 먹고 있어. 이제 곧 선생님들이 회의를 통해 학생들의 진급 문제를 결정하기 때문이야. 누가 진급하고, 누가 낙제할 것인가 하는 문제로 별별 소문이 다 돌고 있어.

미프와 나는 우리 뒷자리에 앉은 빔과 자크의 이야기를 아주 재미있게 듣고 있어.

"너는 진급할 거야."

"아냐, 자신 없어."

"걱정 마, 괜찮아."

둘은 아침부터 집에 갈 때까지 진급 문제로 내기하고 있단다. 저러다간 아무래도 용돈이 한 푼도 남지 않을 거야. 미프가 조용히 해 달라고 부탁하거나 내가 화를 내도 소용이 없어.

나는 우리 반 아이들 가운데 4분의 1은 낙제시켜야 한다고 생각해. 그 가운데는 아주 얼간이들도 있어. 그렇지만 선생님들은 마음 내키는 대로 진급을 시키겠지. 나와 내 친구들은 별 문제가 없을 것 같아. 수학에 좀 자신이 없지만 진급은 할 수 있을 거야.

나는 모든 선생님들로부터 귀여움을 받고 있어. 선생님은 모두 아홉 분인데 남자 선생님이 일곱 분, 여자 선생님이 두 분이야. 하지만 나이 많으신 케플러 수학 선생님은 내가 너무 떠든다고 화를 내시더니 '수다쟁이'란 제목으로 글짓기를 해 오라고 하셨어.

수다쟁이라니, 도대체 무엇을 쓰면 좋을까? 정말 고민이었어. 나는 숙제를 나중에 하려고 공책에 글짓기 제목만 적어 놓았지. 그리고 그 날은 될 수 있는 한 떠들지 않으려고 애썼어.

그 날 저녁, 숙제를 마치고 공책을 덮다가 '수다쟁이'라는 글짓기 제목이 눈에 띄었어. 만년필 꼭지를 깨물면서 생각해 보니까 큼직한 글씨로 낱말 사이를 많이 띄어 쓰면 금방 쓸 수 있을 것 같았어.

그런데 아무리 생각해도 내가 왜 수다를 떨었는지 분명하게 설명할 길이 없는 거야. 한참을 곰곰이 생각한 끝에 문득 떠오르는 것이 있어서 단숨에 3페이지나 되는 글을 썼어.

내 글짓기의 내용은 대충 이런 거야.

'수다를 떠는 것은 여자의 특성이어서 수다를 떨지 않으려고 해도 좀처럼 되는 일이 아니다. 우리 엄마는 나보다 더 수다쟁이니 아마도 유전인 것 같다. 그러니까 나도 어쩔 수 없다.'

내 글을 읽고 케플러 선생님은 한바탕 웃으셨어. 그런데 내가 다음 수학 시간에도 여전히 떠들었더니 또 글짓기를 해 오

라고 하시는 거야.
이번에는 '고쳐지지 않
는 수다쟁이 버릇'이라는 제
목이었어. 나는 또 글짓기를 해서
선생님께 드렸어. 그런데 이번에는 선생님께서
아무 말씀도 하지 않으셨어.

　다음 수학 시간에 내가 또 떠들었더니 선생님은 더 이
상 참지 못하고 말씀하셨어.

　"안네, 떠든 벌로 '꽥꽥꽥! 오리들이 떠듭니다'라는 제목으
로 글짓기를 해 오너라."

　그랬더니 반 아이들 모두가 교실이 떠나갈 듯 큰 소리로 웃
었어. 나도 하는 수 없이 따라 웃었지만 속으로는 굉장히 걱정
이 됐어.

　이제 더 이상 쓸 만한 이야깃거리가 없었거든. 뭔가 색다른
걸 생각해 내야만 했어.

　그런데 다행스럽게도 시를 잘 쓰는 친구 산네가 이 글짓기
숙제를 시처럼 써 주겠다고 했어. 나는 뛸 듯이 기뻤지. 케플
러 선생님은 엉뚱한 제목으로 나를 놀려 주려고 하셨겠지만,
난 반대로 선생님을 아이들 앞에서 웃음거리로 만들리라 마음

먹었어.

시가 완성되었어. 정말 멋진 시였어. 그 시는 세 마리의 새끼를 거느린 어미오리와 아빠백조에 대한 이야기였는데, 새끼오리들이 너무나 수다를 떨었기 때문에 아빠인 백조가 새끼들을 물어 죽였다는 내용이었어.

다행히 케플러 선생님은 그 뜻을 이해하셨는지 큰 소리로 그 시를 읽어 주시고, 나름대로 해석까지 해 주셨어. 또 들리는 소문에 의하면 다른 반에서도 읽어 주셨다고 해.

그 뒤로 선생님은 내가 수다를 떨어도 심하게 꾸중하지 않으셔. 물론 글짓기 숙제도 내지 않으시지. 지금도 가끔 케플러 선생님은 그 시 얘기를 하며 웃으신단다.

키티, 정말 잘 됐지?

1942년 6월 24일 수요일

키티!

오늘은 정말 찌는 듯이 무더운 날씨야. 마치 몸이 녹아 버릴 것만 같아. 이렇게 더운 날에도 어딜 가려면 우린 걸어서 가야만 해. 유대 인들은 전차를 탈 수 없거든. 이제야 전차가 얼마나 고마운 것인지 알 것 같아.

어제 점심 시간에 나는 학교에서 멀리 떨어져 있는 치과에 가야만 했어. 가는 도중에 너무 더워서 쓰러질 뻔했어. 부활절 날, 자전거를 잃어버렸거든. 그래서 며칠 동안 학교까지 걸어

다니고 있어. 엄마의 자전거는 아빠가 잘 알고 지내는 기독교인 집에 맡겨 두셨어. 1주일 뒤면 방학이니까 이 고통도 금방 끝날 거야.

어제는 참 재미있는 일이 있었어. 내가 자전거 보관소 앞을 지나가는데 누군가 나를 불렀어. 주위를 둘러보았더니 어제 저녁에 친구 에바 집에서 본 멋진 사내아이가 서 있지 뭐야. 그 애가 성큼성큼 다가오더니 '하리 골드베르크'라고 자기 이름을 소개하면서 학교에 같이 가자고 하는 거야.

나는 조금 놀라고 또 가슴도 두근거렸지만 아무렇지도 않은 듯 말했어.

"그래, 어차피 같은 방향이니 같이 가."

그리고 그 애와 함께 학교로 갔지. 하리는 열여섯 살인데 재미있는 이야기를 많이 알고 있었어. 하리는 오늘 아침에도 나를 기다렸어. 앞으로도 틀림없이 그렇게 할 거야.

1942년 6월 30일 화요일

키티!

그 동안 편지 쓸 시간이 없었어.

하리와 나는 꽤 친해졌단다. 하리는 가족과 떨어져 네덜란드에서 할머니, 할아버지와 함께 살고 있어. 부모님은 아직 벨기에에 계시고.

하리한테는 화니라는 여자 친구가 있어. 화니는 얌전하긴

하지만 조금 멍청한 애야. 하리는 나를 만난 뒤, 화니에 대해 자기가 착각하고 있었다는 걸 깨달았대.

하리한테서 전화가 걸려 온 건 저녁때가 다 되어서였어.

"전 하리 골드베르크라고 합니다. 안네 좀 바꿔 주세요."

"어머, 하리! 나, 안네야."

"안네구나. 잘 지냈니? 10분 뒤에 너의 집 앞으로 가도 괜찮겠니?"

"그래, 좋아."

나는 수화기를 놓자마자 옷을 갈아입고 머리를 빗었어. 그리고 창가에서 하리가 나타나길 기다렸지.

잠시 뒤 하리가 걸어오는 모습이 보였어. 나는 뛰어나가고 싶은 것을 꾹 참았단다.

우리는 현관문 앞에서 얘기를 나누었어.

"안네, 우리 할머니께선 네가 아직 어리니까 자주 만나지 말라고 하셨어. 하지만 난 화니를 만나고 싶지 않아."

"왜? 화니하고 싸웠니?"

"아니, 그런 건 아냐. 우리는 잘 어울리지 않는 것 같으니 만나지 않는 것이 좋겠다고 얘기했을 뿐이야. 그런데 할머니께서 그걸 아시고 자꾸 화니에게 사과하라고 하셔. 할머니는 내가 너를 만나는 것보다 화니와 만나기를 더 원하시거든."

"할머니가 싫어하는데 만나는 건 옳지 않아."

우리가 이야기를 나누고 있을 때, 페터 베셀이 지나갔어.

"오랜만이야, 안네! 잘 지냈니?"

페터가 인사를 건넸어. 오랫동안 못 만나서였는지 나는 페터가 몹시 반가웠단다.

1942년 7월 3일 금요일

키티!

어제 하리가 우리 집에 와서 엄마 아빠께 인사를 드렸어. 나는 크림 케이크, 과자, 차, 비스킷을 준비했어.

부모님과 함께 있는 것이 어쩐지 어색해서 같이 밖으로 나가 산책을 했단다. 그런데 집에 돌아와 보니 벌써 8시 10분이 넘어 있었어.

아빠는 몹시 화가 나셨어. 유대 인이 저녁 8시가 넘도록 집 밖에 있는 것은 위험하기 때문이야. 그래서 앞으로는 8시 10분 전까지 반드시 집에 돌아오겠다는 약속을 지키기로 했어.

내일은 하리네 집에 놀러 가. 하리가 초대했거든. 요즘 요피는 내가 하리와 자주 만난다고 나를 무척 놀려 댄단다. 그러나 나는 결코 하리를 애인이라고 생각하지 않아. 우린 그냥 좋은 친구 사이일 뿐이야.

언젠가 하리가 에바한테 놀러 갔을 때, 에바가 하리한테 물었대.

"너는 화니와 안네, 둘 중에서 누굴 더 좋아하니?"

그런데 하리는 이렇게 말하더래.

"그런 것은 네가 알 바 아니야."

그래서 그 이상 말을 건네지 않았는데 헤어질 무렵에 하리가 말했대.

"좋아, 말해 줄게. 솔직히 말해서 안네가 더 좋아. 하지만 이건 너만 알고 있어야 해."

그러고는 허둥지둥 뛰어나가더래.

하리가 나를 좋아하고 있다는 건 나도 잘 알고 있어. 언니는 하리가 참 점잖은 애라고 해. 사실 내가 생각해도 언니 말이 맞아. 엄마도 잘생기고 예의바른 아이라고 칭찬이 대단하셔.

우리 식구 모두가 하리를 좋아하니까 나도 기뻐. 하리도 우리 식구들을 참 좋아해. 그런데 내 여자 친구들은 하리가 너무 어린애 같대. 생각해 보면 사실 그런 것 같기도 해.

1942년 7월 5일 일요일

키티!

지난 금요일에 유대 인 극장에서 시험 성적이 발표되었어. 내 성적은 예상보다는 좋았어. 만점이 하나, 수학은 5점, 6점이 둘이고 다른 것은 모두 7점, 8점이야.

물론 가족들은 모두 기뻐했어. 우리 부모님은 다른 부모들과 달라서 내가 건강하고 나쁜 짓만 하지 않는다면 다른 것은 차차 다 잘 될 거라고 믿고 계셔. 그래서 성적에는 그다지 신경 쓰지 않으셔. 그러나 나는 그렇지 않아. 공부를 못 하는 학생이 되고 싶지는 않거든.

마르고트 언니의 성적은 언제나처럼 역시 우수했어. 언니는 정말 공부를 잘 해.

아빠는 요즈음 집에서 쉬시는 날이 많아졌어. 회사에 가도 할 일이 없다고 하셔. 가엾게도 아빠는 자기가 쓸모 없는 인간이라고 괴로워하시는 것 같아.

며칠 전, 아빠와 시내를 걷고 있을 때였어. 갑자기 아빠가 목소리를 낮추어 말씀하셨어.

"우린 머지않아 독일군이 찾아 낼 수 없는 곳으로 숨어야 한단다. 식료품이나 옷, 가구들은 벌써 다 옮겨 놓았다."

"그게 대체 언제쯤이죠?"

"안네, 넌 아무 걱정 마라. 엄마 아빠가 모두 알아서 할 테니까."

이야기는 그것으로 끝났어.

아아, 하나님! 아빠의 이야기가 아득히 먼 훗날의 일이 되게 해 주세요!

숨을 곳을 찾아서

1942년 7월 8일 수요일

키티!

일요일부터 오늘까지 몇 해가 지난 느낌이야. 마치 세상이 뒤집힌 것 같은 여러 가지 일들이 일어났어. 그렇지만 키티, 나는 아직 살아 있어! 지금은 그것이 가장 중요한 일이라고 아빠도 말씀하셨어.

지난 일요일 오후 3시, 누군가 초인종을 눌렀어. 나는 베란다에 누워서 햇볕을 쬐며 정신 없이 책을 읽느라 벨 소리를 듣지 못했어. 조금 후에 언니가 당황한 얼굴로 내게 뛰어오더니 목소리를 낮추고 다급하게 말했어.

"안네, 나치 친위대에서 아빠한테 호출장을 보내 왔어. 엄마는 이 일로 지금 판 단
아저씨를 만나러 가셨어."
판 단 아저씨는 아빠의 회
사 동료야. 나는 언니의 말을
듣고 너무나 놀랐어. 호출장
이라니! 그것이 무엇을 의미
하는지는 누구나 다 알고 있어.
특히 유대 인이라면. 나는 강제 수용소와 차가운 감방이 머리
에 떠올랐어. 어떻게 아빠를 그런 곳에 보낼 수 있겠니?
　"물론 아빠는 안 가실 거야. 엄마는 우리가 내일 은신처로
옮기는 것에 대해 의논하러 판 단 아저씨한테 가셨어. 판 단
아저씨 가족들도 우리랑 같이 가니까 모두 일곱 사람이야."
　난 아빠가 너무 걱정되었어. 지금 아빠는 아무것도 모르고
유대 인 요양소에 있는 노인들을 돌봐 주고 계실 거야.
　엄마를 기다리는 동안, 언니와 나는 말없이 두려움에 떨고
있었어. 그 때, 갑자기 또 초인종이 울렸어.
　"하리일 거야!"
　내가 벌떡 일어나 문을 열려 하자 언니는 나를 가로막았어.
　"문 열면 안 돼!"
　하지만 내가 달려나갈 필요도 없었어. 아래층에서 엄마와
판 단 아저씨가 하리와 이야기하는 소리가 들려 왔거든. 하리
를 보낸 뒤, 엄마와 판 단 아저씨는 집 안으로 들어와 문을 꼭

잠갔어.

그 뒤, 언니와 나는 초인종이 울릴 때마다 아빠인가 아닌가를 살피기 위해 살그머니 아래층으로 내려가 보곤 했어. 엄마는 언니와 나에게 판 단 아저씨와 둘이서 할 이야기가 있으니 다른 방에 가 있으라고 하셨어.

언니하고 단둘이 침실에 있을 때, 언니는 뜻밖의 이야기를 했어. 사실은 호출장이 아빠에게 온 것이 아니고 언니한테 온 거라는 거야. 나는 너무 겁이 나서 그만 울음을 터뜨렸어. 언니는 이제 겨우 열여섯 살이야. 나치는 이런 어린 소녀를 정말로 끌고 갈까? 아냐, 언니는 끌려가지 않을 거야. 엄마가 그렇게 말씀하셨으니까. 얼마 전에 아빠가 은신처로 옮긴다는 말씀을 하셨는데, 나는 이제야 그 뜻을 알 것 같아. 숨을 곳은 대체 어딜까? 시내일까? 아니면 아주 먼 시골? 언제, 어떻게 그 곳으로 갈까?

이런 것들을 물어서는 안 된다고 했지만, 나는 생각을 떨쳐 버릴 수가 없었어. 언니와 나는 가장 소중한 물건들을 가방에

챙기기 시작했어. 내가 제일 먼저 넣은 것은 바로 키티 너야. 그리고 손수건, 교과서, 빗, 편지들을 넣었어. 숨어서 살 사람이 이런 것들까지 챙긴다고 비웃을지도 모르지만, 내게는 옷보다 추억이 더 소중하거든.

아빠는 5시가 다 되어서야 겨우 돌아오셨어. 그리고 코프하이스 씨에게 전화를 걸어 집으로 와 달라고 부탁하셨어.

판 단 아저씨는 나가서 미프 아주머니를 데리고 오셨어. 미프 아주머니는 1933년부터 아빠와 함께 일해 와서 지금은 아주 친한 친구 같은 사이야. 얼마 전에 헹크 아저씨와 결혼을 했어. 아저씨도 역시 우리와 아주 친해. 미프 아주머니는 여행 가방에 우리 신발과 옷가지를 넣어 은신처로 옮기기 위해 들고 나갔어.

미프 아주머니가 나가자 집 안은 다시 조용해졌어. 모두들 식사할 생각도 잊고 앞으로 일어날 일들을 생각하며 아무 말도 하지 않았어. 날씨는 무덥고, 모든 것이 아주 이상했어.

11시쯤에 돌아온 미프 아주머니와 헹크 아저씨는 또 한 차례 짐을 가득 들고 나갔어.

나는 너무나 지치고 피곤해서, 오늘이 내 침대에서 자는 마지막 밤이라는 것을 알면서도 금세 깊이 잠들고 말았어.

이튿날은 모두들 새벽 5시에 일어났어. 다행히 일요일처럼 덥지 않았고 하루 종일 비가 내렸어. 우린 될 수 있는 대로 옷을 많이 가져가려고 마치 북극 탐험이라도 가는 사람들처럼

옷을 잔뜩 껴입었어. 우리 같은 입장에 있는 유대 인이 어떻게 옷을 잔뜩 넣은 가방을 마음대로 들고 다닐 수 있겠니?

언니는 교과서가 잔뜩 든 가방을 자전거에 싣고 미프 아주머니의 뒤를 따라 어디론가 가 버렸어. 그 때까지도 나는 우리의 은신처가 어딘지 몰랐어.

아빠와 엄마, 나는 7시 30분에 조용히 밖으로 나와 문을 닫았어. 내가 작별 인사를 한 것은 고양이 모르체뿐이었어. 모르체는 딴 집에 가도 잘 살 거야. 나는 2층에 세들어 사는 하우트슈미트 씨한테 모르체를 잘 보살펴 달라는 쪽지를 써서 남겨 두었어. 부엌에는 고양이가 먹을 고기가 한 파운드나 있었어. 그리고 식탁에는 아침 식사를 하고 난 그릇들이 그대로 있었고, 침대는 흐트러지고 모든 것들이 어수선했어.

하지만 아무래도 상관없었어. 우리는 이 곳을 빠져 나가 어서 빨리 안전한 곳으로 가고 싶을 뿐이었거든. 내일 또 계속 이야기해 줄게, 키티!

1942년 7월 9일 목요일

키티!

이렇게 해서 우린 여러 가지 물건을 넣은 무거운 가방을 제각기 짊어지고 쏟아지는 빗속을 걸었어.

출근하는 사람들이 우리들을 가엾다는 듯 바라보았어. 우리들을 차에 태워 주지 못해 미안해하는 것 같았어. 하지만 유난히 눈에 띄는 노란 별을 달고 있는 유대 인을 누구도 함부로 태워 줄 수는 없어. 큰길로 나와서야 엄마 아빠는 앞으로의 계획에 대해 설명해 주셨어.

우리 부모님께서는 벌써 몇 달 전부터 생활에 불편하지 않도록 필요한 물건들을 은신처로 옮겨 놓고 7월 16일까지는 모든 준비를 끝낼 생각이셨다고 해. 그런데 어제 느닷없이 날아든 호출장 때문에 예정보다 열흘이나 앞당기지 않으면 안 되었대. 준비는 덜 되었지만 참고 살아갈 수밖에 없어.

은신처는 아빠 사무실이 있던 건물 안에 있어. 키티, 넌 아마 이해하기 힘들 거야. 나중에 자세하게 설명해 줄게.

아빠 사무실 직원은 그다지 많지 않아. 크라렐 씨, 코프하이스 씨, 미프 아주머니 그리고 스물세 살인 타이피스트 엘리 언니. 이렇게 네 사람뿐이야. 모두 우리가 오는 것을 알고 있었어. 엘리 언니의 아빠인 포센 씨와 창고에서 일하는 두 소년에게는 알리지 않았어.

키티, 이제 이 건물의 생김새를 설명할게.

건물의 1층에는 큰 상점이 있는데 창고로도 사용되고 있어. 이 상점 입구 옆에 사무실로 들어가는 또 하나의 입구가 있는데 이 안으로 들어가면 짧은 통로가 나 있고 바로 계단(A)에 이르게 되지.

계단을 올라가면 오른쪽에 문이 있는데 그 문의 유리 위에 검정 글씨로 사무실이라고 씌어 있어. 이 곳이 제일 큰 사무실

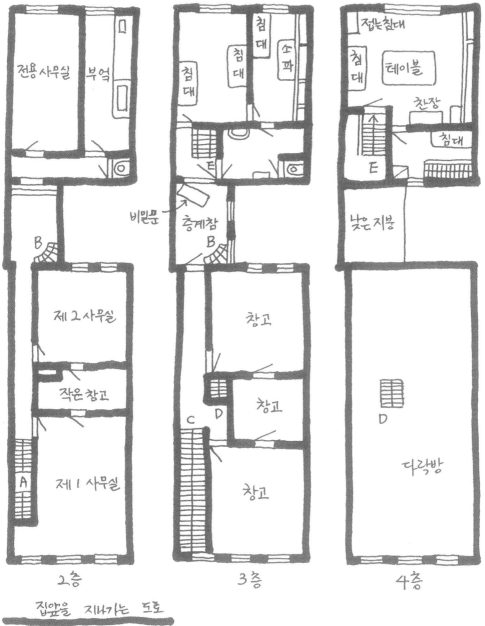

전용사무실   부엌

B

제 2 사무실

작은 창고

A   제 1 사무실

2층

침대   침대   침대   소파

E

비밀문   층계참   B

창고

D

C   창고

창고

3층

접는침대

침대   테이블

찬장

침대

E

낮은 지붕

D

다락방

4층

집앞을 지나가는 도로

운   하

인데 아주 넓고 밝은 방이야. 엘리 언니, 미프 아주머니, 코프 하이스 씨는 낮에 여기서 일하고 있어.

그 옆으로 금고, 옷장, 커다란 찬장이 놓여 있는 어두운 창고가 있어. 거기서 좀더 들어가면 작고 좀 어두운 또 다른 사무실이 있어. 전에는 이 방을 크라렐 씨와 판 단 아저씨가 사용하셨대. 그런데 지금은 크라렐 씨만 사용하고 계셔.

복도에서 안으로 들어가려면, 안에서만 열리고 밖에서는 열리지 않는 유리를 낀 문을 통해서만 들어갈 수 있어.

크라렐 씨 사무실에서 석탄 창고 앞을 지나 긴 복도를 따라가면 맨 끝에 네 개의 계단이 있어. 계단을 올라가면 이 건물에서 제일 훌륭한 방이 나와. 이 곳이 전용 사무실이야.

침침하고 묵직한 분위기인데 리놀륨 바닥에는 값비싼 양탄자가 깔려 있어. 멋진 전등과 라디오 등 모든 게 최고급품이야. 그 사무실 옆에는 싱크대와 가스 레인지가 갖춰진 넓은 부엌이 있고 바로 옆에 화장실이 있어. 이것이 2층이야.

복도를 따라 나 있는 나무 계단(B)을 올라가면 3층의 좁은 계단참이 나와. 이 계단참 양쪽에 문이 있는데 왼쪽 문을 열면 큰길을 내다볼 수 있는 창고와 다락방으로 통하는 복도(D)가 있지. 이 복도 끝에는 아주 가파른 네덜란드식 계단(C)이 있는데, 이 계단을 올라가면 큰길로 통하는 제3의 입구가 나와.

계단 오른쪽에 있는 문이 우리들의 은신처로 통하는 입구야. 이 낡고 초라한 문 안에 이렇게 많은 방이 숨겨져 있는 줄은 아무도 상상하지 못할 거야. 문을 열고 계단을 올라가면 바로 은신처야.

　은신처의 입구 맞은편에 가파른 계단(E)이 있어. 계단 왼편의 좁은 통로를 지나면 우리 가족의 거실 겸 침실이야. 그 옆에 있는 작은 방이 언니와 내가 쓰는 공부방 겸 침실이야. 입구 오른쪽에는 세면대와 작은 화장실이 있고, 창문이 없는 작은 방이 있는데 여기서 또 하나의 문이 우리 방과 통하게 되어 있어.

　계단을 올라가서 문을 열면 누구나 깜짝 놀라고 말 거야. 이런 낡은 집에 이렇게 밝고 큰 방이 있나 하고 말이야. 실험실로 썼던 방이기 때문에 가스 레인지와 싱크대가 갖추어져 있어. 여기가 앞으로 판 단 아저씨 가족이 사용할 부엌이고 우리 모두의 거실 겸 식당이기도 해.

　그 옆의 복도를 겸한 작은 방을 페터 판 단이 쓸 거야. 그리고 커다란 다락방도 있단다.

　자, 어때? 지금까지 소개한 것이 우리들이 앞으로 살아갈 멋진 은신처야.

1942년 7월 10일 금요일

키티!

지루하게 은신처 이야기를 해서 싫증이 났니? 하지만 넌 내 친구니까 우리들이 어떤 곳에서 지내는지 정도는 알고 있어야 해. 그러니 어제 미처 하지 못한 이야기를 계속할게.

우리 세 사람이 사무실에 도착하자 미프 아주머니가 재빨리 우리를 은신처로 데려갔어. 모두 안으로 들어가자 미프 아주머니가 문을 닫았어. 마르코트 언니는 자전거로 벌써 도착해서 그 곳에서 우리를 기다리고 있었어.

방이란 방은 모두 발 디딜 틈 없이 너저분하게 어지럽혀 있었어. 깨끗한 침대에서 자려면 먼저 흐트러진 것들을 모두 치우고 짐들을 정리해야 했는데, 엄마와 언니는 지쳐서 침대 위에 축 늘어져 있었어.

어쩔 수 없이 아빠와 나는 둘이서 하루 종일 상자들을 풀고 옷을 정리하고 마룻바닥을 닦았어. 덕분에 그 날 밤 우리 모두는 깨끗한 침대에서 잘 수 있었단다.

그 날은 아침부터 따뜻한 음식이라곤 조금도 먹지 못했지만, 우린 아무렇지도 않았어. 엄마와 언니는 식욕을 잃었고, 아빠와 난 너무 바

빠서 먹을 틈이 없었으니까.

화요일은 모두가 서둘러 못다 한 일들을 계속했어. 엘리 언니와 미프 아주머니는 우리들을 대신해서 배급을 타러 갔어. 아빠는 등화 관제 시설의 낡은 곳을 고치고, 우리는 부엌을 깨끗이 청소했지.

그 동안은 너무 바빠서 내 주변에 일어난 큰 변화에 대해 생각해 볼 틈이 없었어. 수요일이 되어서야 여유가 생겼단다. 그래서 이제야 네게 그 동안 일어난 일들을 이야기하는 거야.

1942년 7월 11일 토요일

키티!

이 곳에는 15분마다 시간을 알리는 교회 시계탑이 있어. 엄마와 언니는 그 종 소리가 귀에 거슬린대. 그러나 나는 괜찮아. 나는 처음부터 이 소리가 좋았거든. 특히 밤이면 종 소리가 믿음직한 친구처럼 생각되기도 해.

키티, 너는 숨어서 산다는 게 어떤 건지 알고 싶겠지? 글쎄⋯⋯. 사실은 나도 아직 잘 모르겠어. 이 집에서는 왠지 마음이 안정되지 않아. 그렇다고 해서 여기가 싫은 건 아니야.

뭐라고 할까⋯⋯. 아주 이상한 별장에서 방학을 보내고 있는 기분이야. 조금 어이없다고 생각할지도 모르지만, 그게 바로 내 느낌이야.

이 은신처는 숨어 살기에는 참으로 훌륭한 곳이란다. 이런 근사한 은신처는 암스테르담은 물론이고 네덜란드 전체를 뒤져도 아마 찾지 못할 거야. 건물이 조금 기울어져 있고, 습기가 조금 차기는 하지만…….

언니와 내가 쓰는 작은 방은 처음에 아무런 장식도 없어서 매우 허전했어. 다행히 내가 모아 놓은 영화 배우 사진과 그림 엽서를 아빠가 미리 갖다 놓으신 덕분에 그것들로 벽을 멋지게 꾸밀 수 있었어. 그리고 판 단 아저씨가 다락방 창고에서 나무를 가져다가 작은 선반 몇 개를 만들어 주셨어. 방 안이 한결 활기차졌단다.

엄마와 언니는 조금씩 기운을 회복하고 있어. 엄마는 어제 처음으로 수프를 만들 만큼 기운이 나셨는데, 아래층에 얘기하러 가시다가 불 위에 올려놓은 냄비를 깜빡 잊으셨어. 그래서 그만 콩이 냄비에 새까맣게 눌어붙어 버렸단다.

어젯밤 우리 가족은 2층 전용 사무실로 내려가서 라디오를 들었어. 나는 누가 엿듣지나 않을까 하고 가슴이 조마조마해서 3층으로 돌아가자고 아빠를 졸랐어. 엄마는 내 기분을 알아채시고 나를 위층으로 데려다 주셨어.

우리들은 이웃 사람이 우리 애기 소리를 들을까 두려워서 여러 가지로 신경을 쓰고 있어. 그래서 이 곳에 도착한 날 즉시 커튼을 만들었지. 아빠와 내가 둘이서 서툴게 바느질한 커튼을 창문에 걸고 압정으로 눌러 두었어.

이 집 오른편에는 큰 회사 건물이 있고, 왼편에는 가구 공장이 있어. 근무 시간이 지나면 아무도 없지만, 그래도 혹시 모르니까 조심해야 해. 언니가 독감에 걸려 기침을 심하게 할 때는 감기약을 한꺼번에 많이 먹이기까지 했단다.

나는 화요일이 은근히 기다려져. 판 단 아저씨 가족이 오기로 했거든. 사람이 늘면 재미있고 쓸쓸하지도 않을 테니까.

이 은신처에서 무엇보다도 무서운 것은 저녁때나 밤에 주위가 너무 조용하고 쓸쓸하다는 사실이야. 누군가 우리를 보호해 줄 사람이 같이 있어 주었으면 하는 생각이 들어. 한 걸음도 바깥에 나갈 수 없다는 것이 얼마나 답답한지 너는 설명해도 아마 모를 거야.

그리고 들키게 될 경우, 죽임을 당할지 모른다는 공포 때문에 몹시 불안해. 낮에도 모두 속삭이듯 이야기해야 하고, 걸을 때도 살금살금 조용히 걸어다녀야만 해. 혹시 창고에 있는 사람들에게 들릴지도 모르기 때문이야.

어머나, 누군가 나를 부르는 것 같아. 이만 안녕!

판 단
아 저 씨 네

1942년 8월 14일 금요일

키티!

한 달 동안이나 소식을 전하지 못했구나. 솔직히 말해서 별다른 일이 없었어. 여기서는 매일 너에게 이야기할 만큼 재미있는 일이 일어나지는 않거든.

판 단 아저씨 가족은 7월 14일에 오기로 되어 있었는데 13일에서 16일 사이에 독일군이 갑자기 이 사람, 저 사람에게 호출장을 보냈다고 해. 그래서 판 단 아저씨 가족은 13일에 서둘러 이 곳으로 옮겨 왔어.

우리들이 아침 식사를 하고 있는데, 아침 9시 30분쯤 판 단 아저씨의 아들인 페터가 제일 먼저 도착했어. 아직 열여섯 살

이 되지 않은 소년인데 얌전하고 순진해 보이는 아이였어. 그다지 재미있는 친구가 될 것 같지는 않아. 그는 무쉬라는 고양이를 데리고 왔어.

페터보다 30분 정도 늦게 판 단 아저씨 부부가 오셨는데 아주머니가 침실에 두는 커다란 요강을 모자 상자 속에 넣어 가지고 오셔서 모두들 웃음을 참느라 얼마나 고생했는지 몰라.

"나는 어딜 가든 이 요강이 없으면 통 마음이 안 놓인다우."

아주머니는 웃으며 말씀하셨어. 우리는 그것을 우선 어디에 두면 좋을지 망설이다가 결국 침대 옆에 있는 의자 밑에 두기로 했어. 판 단 아저씨는 접었다 폈다 할 수 있는 탁자를 들고 오셨단다.

판 단 아저씨 가족이 온 날부터, 우린 모두 함께 식사를 했어. 이렇게 며칠 지내다 보니 어느 새 한 식구처럼 되었단다.

판 단 아저씨는 우리들이 숨어 지낸 1주일 동안에 일어난 일들을 이야기해 주셨어.

"월요일 아침 9시에 하우트슈미트 씨가 전화를 걸어서 나더러 와 달라는 거예요. 내가 즉시 뛰어가 보니까 그는 몹시 흥분해 있었어요. 그는 당신네들이 남기고 간 편지를 내게 보이면서 편지에 씌어 있듯이 고양이를 이웃집에 주겠다고 그러더군요.

그리고 가택 수색을 당할까 봐 두려워하기에 둘이서 방들을 돌아보며 대강 청소했어요. 그러다가 아주머니 책상 위에서

마스트리히트의 주소가 적힌 메모
지를 발견했어요.

일부러 그렇게 한 줄 알았지만, 나는 몹시 놀란 체하면서 하
우트슈미트 씨에게 그 불길한 종이 쪽지를 당장 태워 버리
라고 했지요.

나는 당신들이 없어진 일에 대해선 전혀 모르는 척했는데,
그 쪽지를 보자 문득 좋은 생각이 떠올랐어요. 그래서 하우
트슈미트 씨한테 말했지요.

'하우트슈미트 씨, 이 주소가 누구 주소인지 이제야 생각이
나는군요. 6개월쯤 전에 우리 사무실에 독일군 고급 장교가
온 일이 있었죠. 그분은 프랑크 씨와는 아주 친한 모양이었
는데 무슨 곤란한 일이 생기면 언제든지 도와 주겠다고 말
했었죠. 그분은 마스트리히트에 머물고 있었어요. 아마 그
분은 프랑크 씨 가족을 벨기에로 탈출하게 하고 거기서 다
시 스위스로 도망가게 했을 거예요. 만약 프랑크 씨 친구들

이 물으면 그렇게 말해야겠소. 물론 마스트리히트란 말은 하지 말고요.'

이렇게 말하고 하우트슈미트 씨와 헤어졌지요. 당신 친구들도 대부분 그렇게 알고 있더군요. 나도 여러 사람으로부터 그렇게 들었으니까요."

우리 가족은 아저씨의 이야기를 아주 재미있게 들었어. 그리고 판 단 아저씨가 우리 가족에 대한 엉뚱한 소문들을 이야기했을 때는 배를 움켜잡고 웃음을 터뜨렸지.

어떤 사람은 우리 자매가 아침 일찍 자전거를 타고 지나가는 것을 봤다고 하고, 또 어떤 아주머니는 우리들이 한밤중에 군용 자동차에 실려 끌려가는 것을 보았다고 말하더래.

정말이지 사람들은 제멋대로 상상한다니까.

1942년 8월 21일 금요일

키티!

우리들의 은신처 입구는 정말 교묘하게 가려져 있어. 크라렐 씨의 제안으로 포센 씨가 만들었어.

독일군이 숨겨 놓은 자전거를 찾아 내기 위해 수시로 가택 수색을 하기 때문에 출입문에 책장을 못으로 박아 붙여 놓았어. 물론 이 책장은 문처럼 열리게 되어 있지.

책장을 놓기 위해 문으로 올라오는 계단을 떼어 버렸기 때문에 아래층으로 내려가려면 허리를 구부리고 뛰어내려야 해.

처음 며칠 동안은 낮은 문틀에 이마를 부딪혀서 모두들 혹투성이가 되었지만 지금은 문 위에 톱밥을 넣은 자루를 못질해 붙여 놓아서 그런 일은 없어졌어.

나는 요즘 공부를 별로 하지 않아. 9월까지는 쉬기로 했어. 아빠가 가르쳐 주시기로 했지만 너무 많이 잊어버려 나 자신도 놀랐어.

이 곳 생활은 거의 변화가 없어.

언니는 판 단 아저씨의 귀여움을 독차지하고 있지만, 나는 아저씨와 번번이 다투곤 해.

그 밖의 일은 모든 게 점점 좋아지고 있어. 단지 페터에게는 아직 호감이 안 가. 그 애는 정말 따분한 아이야.

그는 반나절 내내 침대에서 뒹굴고 있다가 뭔가 일을 좀 하는가 보다 싶으면 또 어느 새 침대에 기어들어가 낮잠을 자고 있어. 정말 게으름뱅이야!

오늘은 참 좋은 날씨야.

비록 숨어 사는 생활이지만 우리들은 다락방에 캠프용 침대를 놓고 열린 창으로 들어오는 햇볕을 쬐기도 하면서 될 수 있는 대로 즐겁게 생활하려고 애쓰고 있단다.

1942년 9월 2일 수요일

키티!

판 단 아저씨와 아주머니가 크게 싸우셨어. 난 그렇게 심하게 싸우는 모습은 태어나서 처음 봤어. 페터는 얼굴을 잔뜩 찡그리고 두 분의 싸우는 모습을 노려보았어.

판 단 아주머니는 엄마에게 미움을 받기 위해 일부러 애쓰는 것처럼 보여. 함께 쓰는 벽장에 넣어 두었던 자기네 이불 세 벌을 싹 가져가 버렸단다. 자기네 것은 아껴 두고 우리 것만 사용하겠다는 얄미운 심보지 뭐야. 그래서 엄마도 우리 것을 다시 가져왔지.

그런데다 우리 그릇들이 다락방 맨 구석에 틀어박혀 쉽게 꺼낼 수 없게 되어서 판 단 아주머니는 화가 잔뜩 나 있었어. 그런데 내가 실수로 아주머니네 접시를 한 개 깨뜨리자 내게 버럭 소릴 질렀어.

"안네, 조심해야지! 우리 집의 접시라곤 이것뿐인데!"

아아, 난 정말이지 잔소리는 질색이야.

지난 주에는 페터 때문에 시끄러운 일이 있었어. 언니와 페터는 코프하이스 씨가 빌려 준 책은 봐도 좋다는 어른들의 허락을 받았어. 단, 여자에 관한 얘기가 씌어 있는 책만은 안 된다고 했지. 그런데 그런 책에 페터의 호기심이 발동한 거야.

페터는 읽지 말라고 한 책을 몰래 보다가 들키고 말았어. 판단 아저씨가 노발대발하면서 책을 빼앗은 건 당연한 일이었지. 그런데 문제는 그 다음부터였어.

우리들이 라디오를 들으러 저녁 7시 반쯤 아래층 사무실로 내려간 사이에 페터는 책을 살짝 집어 들고 다락방으로 올라간 거야. 그랬으면 적어도 8시 반까지는 그 책을 있던 자리에 다시 가져다 놓았어야 했는데, 시간 가는 줄 모르고 있다가 아저씨한테 또 들키고 말았단다.

키티, 어떤 일이 벌어졌는지 짐작이 가지?

"이 나쁜 녀석!"

판 단 아저씨는 홧김에 페터의 뺨을 후려치고, 책을 빼앗아 책상 위에 내동댕이치셨어.

우리는 저녁 식사를 하려고 식탁에 둘러앉아 있었는데, 페터의 목소리가 들려 왔어.

"난 절대로 안 내려갈 테야!"

"뭐라고? 더는 못 참겠다!"

판 단 아저씨가 다락방 쪽으로 쫓아가려는 것을 아빠가 가까스로 말렸어. 그리고 아빠는 페터를 달래러 몇 번이나 다락방을 오르락내리락하셨단다.

1942년 9월 리일 월요일

키티!

판 단 아주머니는 도무지 참아 줄 수 없는 사람이야. 아주머니는 나만 보면 언제나 내가 쉬지 않고 재잘거린다고 잔소리를 하셔.

아주머니는 무엇이든 다 아는 척 떠들어 대지만 알고 보면 모두 엉터리야. 음식을 담아 먹는 그릇을 씻지 않고 내버려 두어서 집 안에 썩은 냄새가 진동해.

그래서 식사가 끝나면 언니가 일곱 사람의 식기를 모두 닦게 마련이야. 그러면 아주머니는 얼굴빛 하나 변하지 않고 뻔뻔스럽게 말한단다.

"저런, 마르고트. 일이 너무 많구나."

아주머니는 늘 그런 식이야.

나는 요즘 아빠와 함께 족보를 정리하느라 바빴어. 아빠는 족보에 나오는 조상들에 대해서 차근차근 말씀해

주셨는데 참 재미있었어.

　밖에서는 이미 새 학기가 시작되었겠지? 나도 프랑스 어 공부를 시작했어. 매일 불규칙 동사를 다섯 개씩 외우고 있어. 페터는 영어 공부가 고통스러워 한숨만 쉬고 있단다. 2~3일 전에 교과서가 몇 권 들어왔어. 나는 이 곳에 올 때 연습장과 연필, 지우개 등을 많이 가지고 왔기 때문에 아직까지는 견딜 만하단다.

　우리 가족들은 내가 머리가 나쁜 편이 아니니까 좀더 열심히 공부를 한다면, 바깥에 있는 내 나이 또래의 아이들에 비해 그다지 떨어지진 않을 거라고 했어. 물론 나도 열네 살, 열다섯 살이 될 때까지 중학교 1학년에 머물러 있고 싶지는 않아.

　또 한 가지, 내게는 내 나이에 어울리는 적당한 책만 읽게 해야겠다는 이야기도 나왔어. 엄마는 지금 〈신사와 숙녀와 하인〉이란 책을 읽고 계시는데 언니는 그 책을 읽어도 괜찮지만 나는 안 된다고 하셔. 그 책을 읽기 위해서는 먼저 머리 좋은 언니처럼 어서 빨리 어른이 되어야 해.

　그리고 가족들은 내가 철학이나 심리학에 대해서 전혀 모르고 있다는 점도 의논했어. 사실 나는 아무것도 몰라. 아마도 내년쯤이면 나도 좀더 똑똑해질 거야.

　나는 겨울에 입을 옷이 긴 소매의 드레스 한 벌과 스웨터 세 벌밖에 없다는 사실을 알고 당황했어. 생각해 봐. 그 긴 겨울 동안 입을 옷이 이것밖에 안 된다면……. 우리는 친구 집에

옷가지를 맡겨 두었는데 아마 전쟁이 끝날 때까지 친구들을 만나지 못할 것 같아. 친구들이 그 때 그 장소에 있다 해도 말이야.

내가 판 단 아주머니에 대한 불평을 적고 있을 때, 아주머니가 불쑥 들어오셨어. 난 깜짝 놀라 서둘러서 일기장을 덮었지. 그랬더니 아주머니가 다정한 척하며 말씀하셨어.

"안네, 나한테 좀 보여 주지 않겠니?"

"안 돼요."

"그러면 마지막 페이지만 살짝 보여 주지 않겠니?"

"죄송하지만 안 돼요."

마지막 페이지엔 아주머니에 대한 불만을 잔뜩 써 놓았기 때문에, 순간 나는 가슴이 뜨끔했어.

1942년 9월 25일 금요일

키티!

어제 저녁에도 난 판 단 아저씨 가족이 있는 위층에 놀러 갔었어. 올라가서는 으레 좀약 냄새가 나는 비스킷(좀약을 놓은 벽장 속에 비스킷을 두었기 때문에)을 먹거나, 레모네이드를 마시면서 이야기를 나누곤 하지.

나는 페터에 대한 불만을 얘기했어. 페터가 가끔 내 뺨을 손가락으로 건드리곤 하는데, 나는 그게 기분 나쁘다고 말씀드렸어. 그랬더니 글쎄 판 단 아저씨와 아주머니가 뭐라고 했는지 아니?

"남자가 여자의 뺨을 살짝 건드리는 건 사랑스럽다는 뜻이란다."

"페터가 너를 좋아하는 것 같은데, 너는 페터를 좋아하지 않니?"

나는 너무 기가 막혔어. 그래서 이렇게 쏘아붙였지.

"어머나, 그렇지 않아요. 페터는 여자 애들과 어울려 본 적도 없는 것 같던데요? 내 앞에서도 수줍어하던걸요."

1942년 9월 27일 일요일

키티!

지금 막 엄마하고 크게 다퉜어. 요즈음 나는 엄마와는 늘 의견이 맞지 않고 언니와도 그다지 사이가 좋지 않아. 보통 때는

이렇게까지 다투지는 않았어. 하지만 요즘 나는 엄마와 언니의 성격을 도무지 이해할 수가 없어. 나는 언제나 엄마보다 친구들의 기분을 더 잘 이해해. 기막힐 노릇이지!

판 단 아주머니는 걸핏하면 화를 내. 화를 내다가는 언제 그랬나 싶게 금세 기분이 좋아져. 게다가 자기 물건을 하나씩 숨기고 있어. 엄마도 이에 맞서서 똑같이 했으면 좋겠어.

세상에는 자기 자식뿐만 아니라 남의 자식의 버릇까지 고치려 드는 사람들이 있는데 판 단 아저씨 부부가 바로 그런 사람들이야. 언니는 조용하고 착하니까 별 문제가 없지만 난 그렇지 못해. 늘 언니 몫까지 떠들거든.

판 단 아저씨와 아주머니는 나에게 쓸데없이 잔소리를 심하게 하셔. 식사 때마다 꾸지람하는 소리와 말대꾸하는 소리가 오가는 걸 너도 들었겠지? 그래도 아빠와 엄마가 언제나 내 편을 들어 주시니까 천만 다행이야.

식사 때, 내가 싫어하는 야채를 먹지 않고 감자만 먹으면 판 단 아주머니는 아이들을 멋대로 내버려 두면 안 된다며 잔소리를 늘어놓기 시작해.

"안네, 채소도 좀 먹어라."

"괜찮아요. 감자를 많이 먹었으니까요."

내가 이렇게 말해도 소용 없어.

"채소는 몸에 좋단다. 네 엄마도 그렇게 말씀하시잖니? 어서 더 먹어라."

이렇게 억지로라도 먹이려 해. 이럴 때는 보다못해 아빠께
서 도와 주셔. 그러면 아주머니는 언제나 이렇게 말씀하시지.

"널 우리 집에서 키웠으면 좋았을걸. 우린 잘 가르쳤을 거
야. 안네를 이렇게 버릇없이 키워서는 안 돼요. 만일 우리
딸이라면 이런 응석은 받아 주지 않을 텐데."

'안네가 우리 딸이라면'이란 말은 아주머니가 입버릇처럼
하는 말이야. 아주머니의 딸이 아니어서 천만 다행이야!

'가정 교육'이란 말로 아주머니가 한바탕 잔소리를 하고 나
자 잠시 어색한 침묵이 계속되었어. 한참 만에 아빠가 먼저 입
을 여셨어.

"안네는 잘 가르친 애라고 생각해요. 어쨌든 안네는 당신의
긴 설교에 한 마디 말대꾸도 하지 않았잖아요. 그리고 채소

를 먹어야 한다고 했으니 말인데, 부인 접시를 좀 보세요.”

아주머니는 아무 말도 하지 못했어. 아주머니 접시에도 채소가 많이 남아 있었거든. 결국 아주머니가 진 셈이지.

아주머니는 한참 동안 말없이 접시에 남은 채소를 먹었어. 그러고는 뭐라고 했는 줄 아니?

“사실 저녁 식사 때 채소를 많이 먹으면 변비가 생기거든요.”

나에게 잔소리만 하지 않았어도 그런 형편 없는 변명은 하지 않아도 되었을 텐데. 아주머니는 얼굴을 붉혔어. 나는 얼굴을 붉히지 않았는데 아주머니는 그것 때문에 또 화가 났나 봐.

숨막히는 순간들

1942년 9월 29일 화요일

키티!

이 은신처에서 우리가 어떻게 목욕하는지 궁금하지 않니? 한번 상상해 보렴.

여기는 목욕탕이 없어서 큰 대야에 사무실에서 나오는 더운 물을 받아 우리 일곱 사람이 차례로 목욕을 한단다. 내가 사무실이라고 하는 것은 언제나 2층을 말하는 거야.

우리들은 각자 성격이 다르기 때문에 저마다 마음에 드는 장소를 골라 목욕을 하고 있어. 페터는 문이 유리로 되어서 안이 다 들여다보이는데도 언제나 부엌을 사용해. 그러면서 우리들 한 사람, 한 사람에게 30분 정도 부엌을 지나지 말아 달라고 부탁하지.

판 단 아저씨는 4층 자기 방에서 하셔. 더운 물을 옮기는 것이 좀 힘들지만 아무도 방해하는 사람이 없으니까 그 곳이 가장 좋다고 생각하신 거야. 아주머니는 요즘 통 목욕을 하지 않으셔. 어디가 가장 좋은 장소인지 고르시는 중이거든.

아빠는 2층 전용 사무실에서 하시고, 엄마는 부엌의 방화문(화재를 예방하기 위해 만들어 놓은 문) 뒤에서 하셔. 언니와 내가 선택한 곳은 2층 사무실이야. 그 곳은 토요일 오후면 커튼이 처져 있기 때문에 우리는 어두컴컴한 가운데 목욕을 해.

그런데 나는 그 곳이 싫어져서 좀더 좋은 장소를 찾기로 했어. 마침 페터가 사무실에 딸린 화장실이 어떠냐고 했어. 그 곳은 앉을 수도 있고 불을 켤 수도 있어. 그리고 문을 잠글 수 있어서 다른 사람이 들여다볼 염려도 없고, 또 쓰고 난 물을 바로 버릴 수도 있어. 지난 일요일에 처음으로 이 훌륭한 목욕탕을 써 보았는데 이 곳이야말로 목욕하기에 제일 좋은 곳이라고 생각해.

지난 주, 2층에 배관 공사하는 사람이 와서 화장실의 배수관과 수도관을 복도로 옮겨 달았어. 겨울에 수도관이 얼어서 터지는 것을 막기 위해서야. 이 공사 때문에 우리들은 한동안 너무나 불편했어. 하루 종일 물을 쓸 수 없고, 화장실에도 갈 수 없었어.

이런 곤란한 일들을 어떻게 이겨 냈는지 궁금하지? 이런 이야기를 하는 것은 점잖지 못한 일이긴 하지만 나는 아무래도 얌전한 여자 아이는 못 되니까 이야기해 줄게.

나와 아빠는 유리 항아리 변기를 사용해야 했어. 하지만 이것보다 더욱 괴로웠던 건 하루 종일 말을 할 수 없다는 거야. 나 같은 수다쟁이에게 얼마나 힘든 일이었겠니.

사흘 동안이나 계속해서 가만히 앉아 있기만 했더니 나중엔 엉덩이가 뻣뻣하게 굳어져서 아팠어. 하지만 걱정 마. 자기 전에 근육 펴기 운동을 해서 지금은 조금 나아졌거든.

1942년 10월 9일 금요일
키티!

오늘은 슬프고 우울한 소식뿐이야.

수많은 유대 인들이 10명, 20명씩 무더기로 묶여 끌려가고 있어. 나치의 게슈타포(나치 독일의 비밀 경찰)는 티끌만큼도 인정이 없어. 유대 인들을 잡아 짐승을 실어나르는 트럭에 마구 태워 네덜란드 최대의 유대 인 수용소, 베스테르부르크로 보내지고 있어.

베스테르부르크⋯⋯. 이름만 들어도 소름이 끼치는 곳이야.

씻는 곳이라곤 하나밖에 없고, 화장실도 갖추어지지 않은 곳이라고 해. 남녀 노소 할 것 없이 한 방에 집단 수용을 한대. 그래서 나이 어린 여자 아이들까지도 수치스러운 일을 많이 당한다고 해. 예를 들면, 임신 같은⋯⋯.

그 곳에서 달아날 수는 없어. 모두 머리를 빡빡 깎이고 또 유대 인 특유의 얼굴 때문에 즉시 탄로가 나게 되거든. 네덜란드에서도 이렇게 심한데 그보다 더 멀리 끌려간 사람들은 어떻게 되었을까? 대부분 학살당했을 거야.

영국 방송은 그 사람들이 가스를 이용해서 학살당하고 있다고 보도하고 있어. 가스 처형! 나치로서는 가장 빠르고 편리하게 우리를 죽이는 방법이겠지.

아주 최근의 일인데 미프 아주머니네 문 앞에 가난하고 몸도 불편한 유대 인 할머니가 앉아 있었대. 게슈타포가 그 할머니한테 기다리라고 명령하고 트럭을 부르러 갔던 거야. 그 할머니는 영국 비행기를 향해 쏘아 대는 고사포 소리와 번쩍이는 불빛에 와들와들 떨면서도 꼼짝하지 않고 그 곳에 앉아 있었대. 그렇지만 미프 아주머니는 그 할머니를 집 안으로 들일 수 없었어. 어느 누구도 그런 위험한 짓은 할 수 없을 거야. 들키면 독일군에게 끌려가 무슨 벌을 받을지 모르거든.

엘리 언니도 은근히 걱정하고 있어. 남자 친구 딜크가 독일로 끌려갔기 때문이야. 엘리 언니는 하늘을 날고 있는 비행기가 어마어마한 폭탄을 딜크가 있는 곳에 떨어뜨릴까 봐 걱정하고 있어.

물론 끌려간 사람은 딜크만이 아니야. 매일 많은 청년들이 기차에 실려 끌려가고 있어. 기차가 도중에 역에 멈추었을 때, 기회를 엿보아 도망치는 사람도 있지만 성공하는 사람은 극히 드물어.

우울한 소식은 이것뿐만이 아니야. 너는 '인질'이라는 말을 들은 적이 있니? 이것은 시민들의 저항 활동을 막기 위해 독일군이 생각해 낸 새로운 처벌 방법이란다. 어떻게 이처럼 무서운 일이 있을 수 있을까?

이름만 들으면 누구나 알 수 있는 죄 없는 시민들이 잡혀 가서 죽음을 기다리고 있어. 만약 저항 행위를 한 범인을 찾아내지 못하면 게슈타포는 대여섯 명의 인질을 한꺼번에 총살해 버려. 그 사람들의 사망 소식이 가끔 신문에 실리지만 독일군은 모두 사고라고 보도하고 있어.

독일 사람들이란 참 영리한 민족이야! 나도 한때는 독일 국민의 한 사람이었다고 생각하니 수치스러워서 견딜 수가 없어. 히틀러는 우리들에게서 국적을 빼앗아 갔어. 이제 독일인과 유대 인은 절대로 함께 살 수 없을 것 같아.

1942년 10월 16일 금요일

키티!

어젯밤 난 언니와 같은 침대에서 잤어. 침대가 좁아서 답답하긴 했지만 무척 재미있었단다.

언니는 내 일기를 읽어 보고 싶어했어.

"조금만 본다면 보여 줄게."

나도 언니의 일기를 보고 싶다고 말했더니 언니도 보여 주겠다고 했어. 또 우리는 미래에 대한 이야기도 나눴어.

"언니는 이다음에 어떤 일을 하고 싶어?"

"비밀이야."

언니는 좀처럼 대답해 주지 않았어.

언니는 학교 선생님이 되고 싶어 하는 것 같았어. 내 생각에도 그 일은 언니의 적성에 잘 맞을 것 같아. 물론 그건 내가 결정할 일은 아니지만.

오늘 아침에는 페터를 침대에서 몰아 내고 그의 침대에 누워 있었어. 그 애는 버럭 화를 냈어. 그러나 그 정도는 얼마든지 무시할 수 있단다. 나에게 친절하게 대하는 게 자신을 위해서 좋을 테니까.

언니한테 내가 못생겼느냐고 물었더니, 언니는 내가 무척 매력적이고 특히 눈이 예쁘다고 칭찬해 주었어.

1942년 10월 20일 화요일

키티!

무서운 일이 있었어. 벌써 2시간이나 지났는데도 지금까지도 손이 떨려.

이 건물 안에는 소화기가 다섯 개 있어. 우리는 누군가 소화기 속의 약품을 바꾸러 올 거라는 말을 들었어. 하지만 그 때가 언제쯤인지는 아무도 모르고 있었던 거야.

그런데 갑자기 책장으로 가려진 입구 저쪽에서 쇠망치 소리가 들려 왔어. 나는 누군가 왔구나 싶어 마침 함께 식사를 하고 있던 엘리 언니에게 아래층으로 내려가지 말라고 주의를 주었어. 그리고 아빠와 나는 문 옆에 서서 바깥에서 나는 소리에 귀를 기울이며 그 사람이 언제 돌아가나 살피고 있었어.

그 사람은 15분 정도 작업을 하고 나서 쇠망치와 도구를 책장 위에 두고 문을 노크했어. 우리들은 모두 새파랗게 질려 버렸어. 아마 그 사람이 우리도 모르게 무슨 소리를 듣고 책장 뒤에 무언가 있는 게 아닐까 해서 조사해 보려는 것 같았어.

얼마 동안 문을 밀고 당기고 흔드는 소리가 계속되었어. 전혀 알지도 못하는 사람에게 우리들의 훌륭한 은신처가 발각될지도 모른다고 생각하니 순간 정신이 아찔했어.

드디어 마지막 순간이 왔다고 생각했을 때, 거짓말처럼 코프하이스 씨의 목소리가 들려 왔어.

"문 좀 여세요, 접니다."

우리들은 재빨리 문을 열었어. 이 곳을 알고 있는 사람이라면 손쉽게 열 수 있는 책장 고리가 제대로 열리지 않아서 작업을 하는 사람이 왔을 때에 미리 알려 주지 못했던 거야. 그 사람이 작업을 끝내고 아래층으로 내려갔기 때문에 코프하이스 씨는 재빨리 엘리 언니를 부르러 왔는데, 고리가 고장나 소란을 피우게 된 거래.

모두들 너무나 놀라서 한동안 아무 말도 하지 못했어. 나는 누군가가 밖에서 노크하고 잡아당기고 할 때, 게슈타포들이 당장이라도 문을 박차고 뛰어들어 내 목을 조를 것만 같아서 가슴이 터지는 줄 알았어.

휴! 이제는 다행히 아무 일도 없어.

저녁 식사는 아주 맛있었는데 도중에 두꺼비집의 퓨즈가 끊

어져서 갑자기 방 안이 온통 캄캄해졌어. 퓨즈는 집에 있었지만 두꺼비집이 어두운 창고 뒤에 있어서 찾기가 쉽지 않았어. 하지만 남자들이 모두 나서서 애쓴 덕분에 10분 뒤에는 촛불을 끌 수 있었어.

1942년 11월 7일 토요일

키티!

엄마가 퍽 초조하신 모양이야.

아무래도 이건 나에게 기분 나쁜 일이 일어날 징조야.

아빠 엄마가 언니는 나무라지 않고 무엇이든 모두 내 탓으로 돌리는 것은 도대체 무엇 때문일까?

어제 저녁때였어.

언니는 예쁜 그림이 들어 있는 책을 읽고 있다가 책을 펼쳐 둔 채 아래층으로 내려갔어. 나는 마침 할 일도 없고 해서 언니가 보던 책을 집어 들고 그림을 보기 시작했지.

잠시 후, 돌아온 언니는 내가 그 책을 보고 있자 언짢은 표정을 지으며 책을 돌려 달라고 했어. 내가 조금만 더 보겠다고 하자 언니는 막 화를 내는 거야.

그러자 옆에 계시던 엄마가 참견을 하셨어.

"그 책은 마르고트가 읽던 책이니 어서 돌려 줘라."

마침 그 때, 아빠가 들어오셨어.

아빠는 어떻게 된 일인지 묻지도 않고 언니의 화난 얼굴을 보더니 나를 야단치시지 뭐야!

"만일 마르고트가 네 책을 빼앗았다면 너는 분명히 더 크게
　화를 냈을 거다."

나는 책을 던져 놓고 즉시 방을
나와 버렸어.

모두들 내가 화가 났다 생각했겠
지. 하지만 난 그저 슬프기만 했어.

우리가 왜 다투고 있었는지 알아
보지도 않고 아빠가 무조건 나를 꾸
중하신 것은 잘못된 일이라고 생각
해.

아마 아빠랑 엄마가 그렇게 무조건
언니 편을 들지 않았다면 나는 더 빨리
언니에게 책을 돌려 주었을 거야.

엄마는 걸핏하면 언니 편을 들어. 나는 이젠 그런 일에 익숙
해져서 엄마의 잔소리나 언니의 기분 같은 것에는 전혀 신경
을 쓰지 않아.

물론 엄마랑 언니를 사랑하기는 해. 그러나 그건 두 사람이
나의 엄마, 언니이기 때문이야.

그러나 아빠의 경우는 달라. 아빠가 언니를 칭찬하거나 안
아 주기라도 하면 내 가슴 속에서는 나도 알 수 없는 이상한
슬픔 같은 것이 솟구쳐 올라와.

그건 내가 아빠를 아주 사랑하기 때문일 거야. 아빠는 내가 존경하는 유일한 사람이거든. 나는 이 세상에서 아빠 이외엔 그 누구도 사랑하지 않아.

그런데 아빠는 언니와 나를 차별하고 있다는 사실을 모르시는 것 같아. 사실 언니가 세상에서 제일 예쁘고, 귀엽고, 상냥한 소녀인지는 모르지만 내게도 좀더 소중한 사람으로 대접받을 권리는 있다고 생각해.

나는 언제나 우리 집에서 가장 못난 바보 취급을 받아 왔어. 무슨 일을 하든지 처음부터 꾸중만 들어 왔어. 무조건 언니 편을 드는 것을 이제 더 이상 참을 수 없어.

그렇다고 언니를 질투하는 건 아니야. 지금까지 난 언니를 질투를 해 본 적은 별로 없어. 언니가 예쁘고 귀엽다고 해서 부러워한 적도 없어. 내가 간절히 바라는 것은 아빠의 진정한 사랑이야. 단지 아빠의 딸로서만이 아니라 '안네'라는 한 사람으로서 사랑받고 싶은 거야.

내가 이토록 아빠를 사랑하는 것은 아빠를 통해서 조금이나마 가족에 대한 사랑을 느낄 수 있기 때문이야.

하지만 아빠는 내가 때때로 엄마에 대한 불만을 모조리 털어놓고 싶다는 것을 몰라 주셔. 아빠는 엄마의 단점에 대한 이야기는 무조건 피하려고만 하셔. 그러나 난 엄마의 단점을 참기가 너무 힘들어. 그렇다고 엄마의 단정치 못한 점, 빈정거리는 태도, 경박함 등을 날마다 일일이 드러낼 수도 없어.

나에게만 잘못이 있다고는 생각지 않아. 엄마와 나는 모든 점에서 정반대야. 그러니까 자주 다투는 게 당연한 건지도 몰라. 나는 엄마의 성격을 이해할 수 없지만 이러쿵저러쿵 말하고 싶지도 않아. 나는 단지 엄마를 오직 나의 엄마라고만 생각하고 있을 뿐이야.

그렇지만 엄마는 내게 있어서 엄마답지 못한 점이 많아. 이제 나 자신이 나의 엄마가 되어야 해. 나는 이렇게 우리 집안에서 외톨이야. 나 자신이 내 인생의 항해사인 셈이지.

그래도 나는 웬만하면 엄마의 나쁜 점은 보지 않고 좋은 점만을 보려고 애쓰고 있어. 그러나 생각하는 것만큼 잘 되지 않아. 더욱 불행한 것은 아빠도 엄마도 이런 나의 노력을 이해하지 못하신다는 거야. 이것은 모두 두 분의 잘못이라고 생각해.

키티, 아이들을 완전히 만족시켜 주는 부모는 이 세상에 없는 것일까?

나는 이따금 하나님께서 나를 시험하고 있다는 생각이 들어. 나는 누구의 도움이나 충고도 받지 않고 스스로의 노력으로 훌륭한 사람이 되어야 해. 그러려면 좀더 강해져야겠지.

도대체 나 이외에 그 누구에게서 위로를 받을 수 있을까? 하지만 가끔은 나도 위로를 받고 싶어. 그 때마다 나 자신의 나약함이 느껴져 불안감을 억누를 수 없어.

내겐 결점이 많아. 그 사실을 알고 있기 때문에 날마다 그런 점들을 고치려 노력하고 있어.

어른들이 나를 대하는 태도는 매일 달라져. 어떤 날은 안네가 매우 영리해서 무엇이든 잘 배운다고 하고, 또 어떤 날은 책에서 여러 가지 근사한 것을 배웠는데도 사실은 아무것도 모르는 바보란 소리까지 듣게 돼.

나는 이제 어린애도 아니고 응석받이도 아니야. 아직 말로는 표현할 수 없지만 내게는 나만의 의견과 계획, 꿈이 있어. 그래서 잠들기 전 이런 여러 가지 불만을 마음 속으로 생각하게 되는 거야.

키티, 널 찾는 것도 바로 그 때문이야. 키티는 언제나 참을성이 있어서 내 말을 끝까지 들어 줄 수 있을 테니까. 나는 어떠한 일이 있어도 눈물을 삼키고 나 자신의 길은 스스로 발견하겠다고 키티, 너에게 약속하겠어.

나는 단지 내가 노력한 결과를 보고 나를 사랑해 주는 사람이 필요한 거야. 때로는 그 사람으로부터 격려도 받고 싶어.

키티! 이런 나를 흉보지는 않겠지? 때로는 나도 가슴에 묻어 둔 감정을 폭발시키고 싶을 때가 있다는 것을 이해해 줘.

한 사람이라도
구할 수 있다면

1942년 11월 10일 화요일

키티!

굉장한 소식이 있어.

우리 은신처에 새로운 식구가 한 명 더 오게 되었어. 우리는 언제나 공간과 식량이 한 사람분 정도는 충분히 더 있다고 생각하고 있었어. 단지 코프하이스 씨나 크라렐 씨에게 더 이상 폐를 끼치고 싶지 않았을 뿐이지.

그러나 최근 유대 인에 대한 독일군의 탄압이 점점 심해지고 있기 때문에, 아빠가 한 사람이라도 더 구하자고 두 분께 말씀드렸어. 고맙게도 두 분은 일곱 사람이나 여덟 사람이나 어차피 위험한 건 마찬가지라면서 찬성하셨대.

아빠가 선택한 사람은 알베르트 뒤셀이라는 치과 의사야. 부인은 외국에 있대. 우리와 잘 아는 사이는 아니지만, 성격이 조용하신 분이라 우리와 잘 지낼 수 있을 것 같아서 뒤셀 씨가 선택된 거래. 모든 연락과 준비는 미프 아주머니가 맡기로 했어. 뒤셀 씨가 오면 내 방을 함께 쓰게 될 거야.

1942년 11월 17일 화요일
키티!

뒤셀 씨가 오셨어. 모든 일이 순조롭게 잘 되었단다.

미프 아주머니는 뒤셀 씨에게 어떤 남자가 우체국 앞의 약속한 장소에서 기다리고 있을 테니까 오전 11시에 그 곳으로 오라고 일러 주었대.

뒤셀 씨를 알고 있는 코프하이스 씨가 다가가서 연락을 담당한 사람이 오지 못했는데 사무실로 가서 미프 아주머니를 만나는 것이 좋겠다고 말해 준 다음, 전차를 타고 사무실로 돌아왔어.

뒤셀 씨는 전차를 탈 수 없었기 때문에 걸어서 사무실까지 왔어. 11시 20분쯤에 뒤셀 씨가 사무실에 도

착했어.

미프 아주머니는 뒤셀 씨가 달고 있는 노란 별이 사람들 눈에 띌까 봐 얼른 외투를 벗게 하고 사무실로 안내했어. 거기서 코프하이스 씨는 청소부가 갈 때까지 뒤셀 씨와 잡담을 하면서 시간을 보냈어.

청소부가 가고 난 후, 미프 아주머니는 뒤셀 씨를 데리고 3층으로 올라와 비밀의 문을 열고 어리둥절해 있는 뒤셀 씨를 재빨리 안으로 밀어넣은 거야.

우리들은 모두 새로운 식구를 환영하기 위해 커피와 포도주를 준비해서 4층 거실의 테이블 주위에 둘러앉아 기다리고 있었어.

미프 아주머니에게서 우리가 4층에 살고 있다는 말을 들은 뒤셀 씨는 너무도 놀라 어쩔 줄 몰라 했어. 뒤셀 씨는 마음을

진정시키느라 한참 동안 멍하니 앉아 우리를 쳐다보았어. 이윽고 더듬거리며 말했어.

"그럼 댁에서는 벨기에로 가신 게 아니었군요……. 독일군에게 쫓기지 않으셨나요? 결국 멀리 도망가지 못하셨군요."

그래서 아빠는 뒤셀 씨한테 모든 것을 설명했어. 뒤셀 씨는 우리들의 교묘한 방법에 새삼 놀라서 아무 말도 하지 못했어. 이어서 미프 아주머니가 이 건물의 내부 구조에 대헤 설명해 주자 다시 한 번 놀라면서 말없이 주위를 둘러볼 뿐이었어.

모두 함께 점심 식사를 마친 후에, 뒤셀 씨는 잠깐 낮잠을 자고 나서 미프 아주머니가 미리 갖다 놓은 자기 짐을 정리했어. 뒤셀 씨는 차차 마음이 안정되는 것 같아.

1942년 11월 19일 목요일

키티!

뒤셀 씨는 우리가 생각했던 대로 참 좋은 분이었어.

내 좁은 방을 같이 쓰게 된 건 좀 불편하지만 말이야. 솔직히 말해서 나는 누가 내 물건에 손대는 것을 별로 좋아하지 않아. 하지만 서로를 위해서 양보할 수 있는 건 양보해야 한다고 생각해.

아빠는 단 한 사람이라도 더 구할 수 있다면 다른 일들은 아무것도 아니라고 말씀하셨어. 정말 옳은 말씀이야.

이 곳에 도착한 첫날, 뒤셀 씨는 나에게 여러 가지를 물었

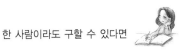

어. 청소부는 언제 오느냐, 욕실은 언제 사용할 수 있느냐, 화장실은 언제 쓸 수 있느냐…… 이런 것들 말이야. 너는 웃을지 모르지만, 은신처에서 생활하려면 이러한 일들은 아주 중요한 문제란다.

낮에는 아래층에 소리가 들리지 않게 모두가 조심해야 해. 특히 외부 사람, 예를 들어 청소부라도 있을 때는 숨쉬는 소리도 내면 안 돼.

뒤셀 씨에게 이런 것들을 자세하게 설명해 드렸지만 이해가 잘 안 되는 모양이야. 같은 말을 두세 번씩이나 해 주었는데도 금세 또 묻곤 해.

그러나 점차 좋아지겠지. 아마도 너무나 갑자기 여러 가지 일들이 생겨 머릿속이 혼란스러워진 탓일 거야. 그 밖에는 모든 일이 다 순조로워.

뒤셀 씨는 우리가 오랫동안 듣지 못한 바깥 세상 이야기를 많이 들려 주셨어. 아주 슬프고 끔찍한 이야기들뿐이란다.

우리의 수많은 친구들과 친척들이 비참한 운명에 놓여 있다는구나.

매일 저녁, 유대 인을 가득 실은 독일군 트럭이 먼지를 일으키며 지나가고 있대. 독일군은 집집마다 돌아다니면서 유대인이 있지 않나 확인하고, 만일 있으면 그 자리에서 식구들을 몽땅 데리고 가 버린대.

숨어 살지 않는 한 절대로 살아남지 못할 거야.

때때로 그들은 유대 인들의 이름이 적힌 장부를 갖고 돌아다니며 유대 인들이 있을 만한 집만 습격하기도 하는데, 한 사람당 얼마씩 돈을 쥐어 주면 놓아 주기도 한대.

마치 옛날의 노예 사냥 같아. 거짓말같이 들리겠지만 이건 너무나 비참한 우리의 현실이야.

해가 질 무렵, 나는 죄 없는 선량한 사람들이 울부짖는 아이들을 데리고 줄지어 걸어가는 모습을 창가에서 바라보곤 해.

독일군은 쓰러지는 사람들을 떠밀거나 발로 차며 몰고 가고 있어. 그 중에는 노인이나 갓난아이, 임신한 여자, 병자도 있어. 모두들 두려움에 떨면서 죽음의 길로 끌려가게 되는 거야.

나의 친한 친구들이 이 추운 밤에도 어디선가 독일군에게 얻어맞아 쓰러지고 거리에서 뒹굴고 있을 텐데, 나만 따뜻한 침대에서 잔다는 것이 정말 죄스러워.

친한 친구들이 이 세상에서 가장 잔인한 짐승들의 손아귀에 넘어갔다고 생각하니 너무도 무서워.

그것도 단지 유대 인이라는 이유만으로!

1942년 12월 7일 월요일

키티!

올해도 하누카(유대의 축제일)와 성 니콜라스 축제일이 단 하루 차이로 돌아왔어. 우리는 별다른 행사는 하지 않았어. 단지 서로 조그만 선물을 교환하고 촛불을 켰을 뿐이야. 초가 부족

해서 10분밖에 켜 놓지 못했지만 다행히 찬송가를 부르는 동안은 꺼지지 않았어. 판 단 아저씨가 훌륭한 나무 촛대를 만드셨단다.

토요일, 성 니콜라스 축제일 전날 밤은 무척 즐거웠어. 미프 아주머니와 엘리 언니가 아빠한테 귓속말로 무언가 속삭이기에 우리는 멋진 일이 있을 거라고 짐작하면서 잔뜩 호기심에 부풀어 있었지.

밤 8시, 우리는 한 줄로 늘어서서 나무 계단을 내려와 작고 어두운 방으로 들어갔어. 나는 무서워서 3층에 남아 있는 편이 나았을걸 하는 생각까지 했어.

그 방에는 창문이 없었기 때문에 누군가 스위치를 눌러 전등을 켰어. 이윽고 아빠가 벽장문을 열자 모두들 일제히 기쁨의 환호성을 질렀어. 예쁘게 꾸며진 성 니콜라스의 커다란 바구니가 벽장 안에 놓여 있었거든.

우리들은 재빨리 그 바구니를 들고 위층으로 올라왔어. 바구니 안에는 각자에게 어울리는 시가 씌어진 카드와 함께 조그맣고 예쁜 선물이 들어 있었어.

내가 받은 선물은 주머니가 달린 스커트를 입은 예쁜 인형이었어! 정말 멋지지 않아? 지금까지 성 니콜라스 축제일을 축하한 적이 없었는데 처음치고는 정말 근사했어.

1943년 1월 13일 수요일

키티!

바깥 세상은 너무나도 무서워. 불쌍한 유대 인들은 가방 하나와 몇 푼의 돈만 지닌 채 밤낮없이 끌려다니고 있어. 그러나 나중에는 이런 소지품마저 빼앗겨 버린단다.

남자 여자 그리고 아이들은 따로따로 나누어지고 가족은 뿔뿔이 흩어져 버려. 아이들이 학교에서 돌아와 보면 엄마 아빠가 이미 끌려가 버렸기도 하고, 엄마가 시장에 다녀온 사이에 가족이 온데간데없이 사라져 버리기도 한대.

네덜란드 사람들도 역시 불안에 싸여 있어. 젊은 청년들이 자꾸만 독일로 끌려가기 때문이야.

매일 밤, 수백 대의 비행기가 네덜란드 하늘을 지나 독일 쪽으로 날아가고 있어. 독일의 도시들은 폭격으로 폐허가 되어 있고, 소련과 아프리카에서는 매 시간마다 셀 수도 없을 만큼 많은 사람들이 죽어 가고 있어. 아무도 이 현실을 피할 수는 없어. 전쟁 상황이 연합군 쪽으로 유리하게 기울어지고 있다고 하지만 언제 끝날지는 아무도 몰라.

그러고 보면 우리들은 운이 좋은 셈이야. 맞아, 죄 없이 죽어 가는 수많은 사람들보다는 확실히 운이 좋아. 여기는 조용하고 안전해.

고통받고 있는 다른 사람들을 생각한다면 한푼이라도 더 절약하고 현재 생활에 감사해야 할 텐데, 우리는 부끄럽게도 좀 더 편할 수 없을까만 생각한단다. 정말 이기적이지?

근처에서 뛰노는 아이들은 하나같이 헐벗고 굶주려 있어. 이렇게 추운 날에도 얇은 셔츠에 슬리퍼를 끌며, 말라빠진 홍당무를 질겅질겅 씹고 다니고 있어.

학교에 가도 추위에 떨기는 마찬가지야. 심지어 길 가는 사람에게 매달려 빵 한 조각을 달라고 애걸하는 아이들까지 생겨나고 있어.

전쟁에 대해서는 밤새도록 얘기할 수 있지만, 그럴수록 더욱 비참해질 것 같구나.

우리는 이 불행이 끝나기를 참고 기다리는 수밖에 없어. 유대 인도, 기독교인도 모두 기다리고 있어. 아니, 전세계가 기다리고 있어. 그렇지만 눈앞의 죽음을 기다리고 있는 사람이 더 많단다.

1943년 2월 5일 금요일

키티!

어른들은 나를 볼 때마다 언니와 페터와 비교하곤 한단다.

"넌 왜 마르고트와 페터를 좀 닮지 못하니?"

그들을 닮다니, 난 죽어도 싫어. 난 조금도 언니처럼 되고 싶지 않아. 언니는 너무 얌전하고 수동적이어서, 남이 하라는 대로 순종해. 하지만 난 절대로 그렇게 못 해! 나는 강한 성격을 갖고 싶어.

오늘 낮에 판 단 아저씨가 언니를 놀렸어.

"너 요즘 살찔까 봐 음식을 조금씩밖에 안 먹지?"

그러자 항상 언니 편을 드는 엄마가 소리를 치셨어.

"쓸데없는 소리 하지 마세요!"

엄마의 말에 판 단 아저씨의 얼굴은 홍당무처럼 빨개졌어.

1943년 3월 25일 목요일

키티!

어제 저녁, 페터가 갑자기 뛰어들어와서 아빠의 귀에 소곤거렸어.

"창고 안에 있는 통이 넘어져 있고, 문 옆에서 뭔가 부스럭거리는 소리가 들리고 있어요."

아빠는 페터와 함께 곧장 뛰어나가셨어. 우리는 마음을 졸이며 기다렸지. 잠시 후 판 단 아주머니가 겁에 질린 표정으로 올라오셨어. 아빠가 라디오를 끄고 조용히 위층으로 올라가 있으라고 하셨대.

5분쯤 뒤, 아빠와 페터가 돌아와 상황을 알려 주었어. 아빠와 페터는 계단 밑에 숨어 몰래 지켜 보았대. 처음에는 조용했는데 별안간 가까이서 쿵 하고 문 닫히는 소리가 들리더래.

우린 모두 맨발로 살금살금 판 단 아저씨네 방으로 올라갔어. 판 단 아저씨가 독감으로 자꾸 기침을 해대자, 아주머니는 기겁을 하고 아저씨에게 기침약을 먹였어.

우린 아저씨 침대에 빙 둘러앉아 아래층에서 일어난 일에 대해 의논을 했어.

그러다 매우 난처한 일을 기억해 냈어. 아래층 라디오의 다이얼을 영국 방송에 맞춰 놓고 올라왔지 뭐야. 거기다가 라디오 앞에 빙 둘러져 있는 의자도 치우지 않았고. 만약 누군가가 수상히 여겨 경찰에 신고라도 한다면…….

결국 판 단 아저씨와 아빠가 조심조심 아래층으로 내려가셨어. 페터가 만약의 경우를 생각해 큰 쇠방망이를 들고 뒤따라 내려갔어. 세 사람은 5분쯤 뒤에 다

시 돌아와 아무 일 없다고 말했어. 우린 수도나 화장실의 물을 되도록 쓰지 말자고 했으면서도 두려움 때문에 더 자주 화장실에 들락날락했어. 모두들 뜬눈으로 밤을 새웠단다. 엄마, 아빠, 뒤셀 씨 그리고 우리 모두.

1943년 3월 27일 토요일

키티!

속기 강습이 끝났어. 앞으로는 속도를 올리는 연습을 하게 될 거야.

요즈음 나는 신화, 특히 그리스와 로마의 신화에 열중하고 있어. 모두들 나 같은 아이들이 신화에 흥미를 가진다는 얘기는 들은 적이 없다면서 일시적인 호기심일 거라고 한단다.

어때? 키티, 그렇다면 내가 최초로 신화에 흥미를 가진 아이가 되어 볼까!

독일의 높은 사람 가운데 한 명인 라우터가 다음과 같은 연설을 했어.

"유대 인은 7월 1일 이전에 독일 점령 지역에서 나가야 한다. 4월 1일부터 5월 1일까지는 우트레히트 지방을 말끔히 청소한다(유대 인이 마치 바퀴벌레이기나 한 것처럼). 그리고 5월 1일부터 6월 1일까지는 네덜란드의 전 지역을 청소한다."

불쌍한 유대 인은 병이 들어 버림받은 가축 떼처럼 무서운 수용소로 끌려가고 있어. 이런 이야기는 이제 그만하겠어. 생각만 해도 너무 끔찍해서 무서운 꿈을 꾸게 되니까.

한 가지 좋은 소식은 독일 노동성 건물에 누군가 불을 지른 일이야. 그로부터 2~3일 뒤에는 등기소가 같은 방법으로 불탔어. 독일 경찰복을 입은 사람이 수위의 눈을 속이고 건물 안에 들어가 중요한 서류를 불태웠대.

1943년 4월 1일 목요일
키티!

오늘은 만우절이지만, 나는 만우절 장난을 할 기분이 아니야. 항상 우리들에게 용기를 주던 코프하이스 씨가 위궤양으로 적어도 3주일 정도 누워 계셔야 한대.

엘리 언니는 독감에 걸렸고, 포센 씨도 건강이 나빠져 다음 주 중에 입원하기로 되어 있어.

아빠는 아래층 사무실에서 중요한 회의가 있을 거라고 하시면서, 참석할 수 없어 매우 답답해하셨어.

"마룻바닥에 엎드려 귀를 대면 모두 다 들릴 거예요."

내 말에 아빠는 이렇게 말씀하셨어.

"참, 그러면 되겠구나."

언니와 아빠, 나는 곧 마룻바닥에 귀를 대고 엎드렸어. 그런데 회의 내용이 너무 어렵고 지루했어. 언니는 열심히 귀를 기울였지만 난 이내 새근새근 잠들고 말았단다.

1943년 5월 5일 토요일

키티!

피신하지 못한 다른 유대 인들에 비하면 우린 너무 행복한 거겠지? 하지만 멋진 집에서 행복하게 살던 우리가 이토록 형편 없는 생활을 하고 있다는 생각이 문득 떠오르면 우울해질 때가 많아.

이 곳에 온 이후 계속 사용하고 있는 식탁보는 오랫동안 써서 때에 까맣게 찌들어 있어. 나는 그것을 가끔 걸레로 닦아 보지만 더럽기는 마찬가지야. 식탁도 아무리 닦아도 깨끗해지지 않아.

판 단 아저씨 부부는 겨우내 홑이불 한 장으로 지냈어. 배급 받는 비누의 양이 적고, 질도 나빠서 빨래를 제대로 할 수 없기 때문이야.

아빠의 바지는 낡아서 너덜너덜해지고 넥타이도 많이 낡았어. 엄마의 코르셋 역시 해져서 꿰맬 수도 없어. 언니는 두 치수나 작은 브래지어를 아직 입고 있단다. 엄마와 언니는 둘이서 세 벌의 속옷을 번갈아 입고 있어. 내 속옷도 이젠 너무 작아서 배꼽이 다 보인단다.

어젯밤에는 대포 소리가 너무 요란했어. 깜짝 놀란 나는 네 번이나 잠에서 깨어 소지품들을 꾸렸어. 엄마가 그런 나를 보더니 한숨을 쉬며 말하셨어.

"넌 또 어디로 피난 갈 생각이냐?"

우리가 다시 피난 갈 곳이 어디 있겠니? 도시나 시골 할 것 없이 군인들이 유대 인들을 찾으러 다니느라 발칵 뒤집혔는데 말이야. 정말이지 지긋지긋한 나치들이야!

1943년 6월 13일 일요일

키티!

내 생일 선물로 아빠가 지어 주신 시가 너무도 훌륭해서 너에게도 들려 주고 싶어. 아빠는 언제나 독일어로 시를 짓기 때문에 언니가 번역해 주었어.

언니의 번역 솜씨가 과연 믿을 만한지는 읽고 나서 한번 생각해 보렴.

너는 여기서 제일 어리지만, 이제 어린애가 아니구나.

그러나 인생은 어려운 것.

우리들은 모두 너의 선생이 되어 주련다.

우리들은 경험을 쌓았으니 우리들에게 배워라.

우리들은 옛날부터 경험해 왔으니 너보다 아는 것이 많단다.

나이 먹은 사람이 너보다 올바르다는 것을 알아야 한다.

이것은 적어도 지금까지 계속되어 온 법칙.

자기의 결점은 작게 보이는 법이다.

남의 결점은 비판하기 쉽단다.

남의 허물은 두 배나 크게 보인다.

너의 부모가 하는 말을 잘 참고 들어 주기 바란다.
우리들은 공평하게 동정심을 가지고 너를 판단하려고 한다.
자신의 결점을 고치는 건 쓴 약을 먹는 것 같으나
꾹 참고 실천해 보아라.
가정의 평화를 지키려면 그렇게 해야 한다.
그러는 동안에 괴로움도 끝날 것이다.
너는 거의 하루 종일 책을 읽거나 공부를 하고 있구나.
도대체 지금까지 누가 이런 생활을 한 적이 있었을까?
너는 결코 지치지 않고 우리에게 신선한 공기를 가져다 준다.
너의 불평은 단 하나.
"나는 입을 옷이 없어. 내 옷은 모두 작아졌어. 나의 속옷은
모두 짧아. 구두를 신으려면 발가락을 잘라야 해.
아아, 나에게는 괴로움이 떠나질 않아!"

그 밖에 식량 때문에 겪는 어려움에 대한 것도 조금 씌어 있
었지만 언니가 번역하지 못했기 때문에 생략하겠어.

키티, 근사한 시라고 생각지 않니?

다른 사람들에게도 축하를 받았어. 멋진 선물도 많이 받았
고. 그 중에는 내가 제일 좋아하는 그리스와 로마의 신화를 다
룬 두툼한 책도 있었어. 과자도 부족하지 않게 많이 받았어.

나는 은신처 식구들의 막내로서 분에 넘치는 축하를 받은
거야.

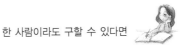

1943년 6월 15일 화요일

키티!

또 많은 사건들이 일어났어.

포센 아저씨가 수술을 받다가 중단했어. 의사 선생님이 아저씨의 배를 갈라 보니 암이었대. 상당히 심각한 상태라 수술을 해도 이미 늦었다는 거야. 의사 선생님은 배를 다시 꿰매고 3주 동안 실컷 맛있는 음식을 먹게 한 후 퇴원시켰대.

포센 아저씨가 너무 불쌍해. 우리가 여기에서 나가 아저씨한테 문병을 갈 수 있다면 얼마나 좋을까!

지금까지는 친절한 포센 아저씨 덕분에 세상 돌아가는 일들과 창고에서 일어난 일들을 들을 수 있었어. 그런데 앞으로는 누구한테 그런 이야기를 들을 수 있는 거지?

모두들 진심으로 포센 아저씨가 중태에 빠진 것을 안타깝게 생각하고 있어.

1943년 7월 19일 월요일

키티!

지난 일요일에는 북암스테르담에 큰 폭격이 있었어. 피해가 굉장한 모양이야. 거리는 온통 쑥밭이 되었고, 죽은 사람과 생매장된 사람을 파내려면 상당한 시일이 걸릴 거래.

지금까지 알려진 것으로는 죽은 사람만 200명이고, 헤아릴 수 없는 부상자가 나와 병원마다 모두 초만원이래. 부모를 찾다가 화염에 휩쓸려 행방 불명된 아이가 많다는 이야기도 들었어. 그 당시 멀리서 들려 온 비행기의 날카로운 폭음을 생각하면 몸서리가 쳐져.

1943년 7월 23일 금요일

키티!

오늘은 재미있는 이야기를 들려 줄게. 전쟁이 끝난 뒤, 우리가 다시 바깥 세상으로 나간다면 각자 제일 먼저 하고 싶은 일들 말이야.

언니와 판 단 아저씨는 먼저 더운 물을 철철 넘치도록 받아 놓은 목욕탕에서 마음껏 목욕을 하고 싶대. 판 단 아주머니는 크림 케이크가 먹고 싶다고 하고, 뒤셀 씨는 부인을 만날 생각만 해.

엄마는 커피가 마시고 싶다고 하고, 아빠는 포센 씨를 만나러 가고 싶어해. 페터는 영화를 실컷 보고 싶대.

나는 전쟁이 끝나면 너무 기뻐서 무엇부터 시작해야 좋을지 모르겠지만, 제일 먼저 자유롭게 지낼 수 있는 우리 집으로 돌아가고 싶어. 다음은 공부할 수 있고, 다정한 친구들이 있는 학교로 가는 거야!

아, 자유! 자유! 듣기만 해도 기쁨으로 가슴이 벅차오르는 구나!

1943년 7월 26일 월요일

키티!

어제는 엄청난 소동이 있었어. 모두들 아직까지도 흥분이 가라앉지 않았어.

키티, 넌 아마도 '소동이 일어나지 않는 날이 하루도 없군.' 하고 생각할지도 몰라. 사실 이 곳 생활은 늘 놀라운 일투성이란다.

어제 아침 식사를 하고 있을 때, 첫 번째 공습 경보가 울렸어. 나는 아침 식사 후에 머리가 몹시 아파서 1시간 정도 누워 있다가 2시쯤 아래층으로 내려갔어.

2시 30분에 사무실 일을 마친 엘리 언니가 사무용품을 정리하기도 전에, 두 번째 사이렌 소리가 울린 거야.

우리는 급히 위층으로 올라갔어. 그러자 5분도 채 안 되어 고사포 소리가 요란하게 들리기 시작했어.

나는 피난용 가방을 가슴에 꽉 부둥켜안고 서 있었어. 무언가 붙들고 있어야겠다는 생각밖에 없었거든.

30분쯤 지나자 공습은 끝났지만 모두의 불안은 가시지 않았어. 페터가 다락방의 망 보는 데서 내려왔을 때에 뒤셀 씨는 큰 사무실에, 판 단 아주머니는 전용 사무실에 그리고 우리는 좁은 계단에 쪼그리고 앉아 떨고 있었어.

갑자기 다락방에서 주위를 살피고 있던 판 단 아저씨가 항구 쪽에서 불길이 치솟는다고 소리쳐서 나도 보러 올라갔어.

이윽고 자욱한 연기와 타는 냄새가 바람을 타고 우리 은신처 쪽으로 날아왔어.

저녁 식사 때, 또 한 번 공습 경보가 울렸어. 그 바람에 오늘은 식사를 한 번도 제대로 못 했단다. 잇따른 공습 경보, 폭격……. 우르르 꽝! 꽝! 정말이지 생지옥이 따로 없었어.

암스테르담 비행장도 폭격을 당했어. 비행기가 폭탄을 맞아 원을 그리며 땅으로 떨어질 때 내는 쇠를 긁는 듯한 날카로운 엔진 소리는 온몸에 소름이 오싹오싹 돋게 했어.

새벽 2시에 또다시 비행기 폭음이 울리고 고사포가 터졌어. 새벽녘에 잠깐 잠이 들었던 나는 그 소리에 놀라 잠에서 깼어. 눈을 떠 보니 판 단 아저씨와 아빠가 옆에 계셨어. 두 분은 내게 굉장한 뉴스를 전해 주셨어.

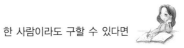

무솔리니(히틀러와 함께 제2차 세계 대전을 일으킨 이탈리아의 독재자)가 물러나고, 이탈리아 국왕이 정권을 이어받았다는 소식이었어. 모두 펄쩍 뛰며 기뻐했어. 우린 모두 감격의 눈물을 흘렸지.

오늘도 온종일 공습 경보가 울렸어. 하지만 이탈리아의 정권이 바뀌었으니 전쟁도 곧 끝날 거야. 그렇지, 키티?

은신처의
생활

1943년 8월 4일 수요일

키티!

은신처에서 지낸 지 벌써 1년이 넘었어. 너도 이제는 우리의 생활을 대충 짐작하리라 믿어. 그러나 그 중에는 설명하기 어려운 것도 많단다. 모든 것이 보통 사람들의 생활과는 너무 거리가 먼 것들이지.

하지만 너에게 우리들의 생활을 전부 알려 주기 위해 앞으로는 평범한 일상 생활이라도 모두 이야기할 작정이야.

먼저 밤시간의 일들부터 이야기해 줄게.

밤 9시. 모두들 잠잘 준비를 시작하는 시간이야. 이 시간은 언제나 굉장히 분주하단다. 의자를 치우고, 벽에 세워 놓은 침

대를 끌어내리고, 담요를 펴면 모든 것이 낮과는 달라져.

나는 긴 의자에서 자는데 이것은 길이가 1미터 반 정도밖에 되지 않기 때문에 의자를 더 붙여 놓아야 해. 내가 덮는 이불과 베개 등을 낮에는 전부 뒤셀 씨 침대에 쌓아 두기 때문에 밤이 되면 그것을 가져와야 해.

옆방에서 삐걱거리는 소리가 들려. 언니가 접는 침대를 꺼내고 있는 소리야. 그러고 나서 언니는 소파의 쿠션, 담요, 베개를 끌어내.

천장에서는 마치 천둥 같은 소리가 나고 있어. 판 단 아주머니가 침대를 창가로 옮기는 소리란다.

페터가 씻기를 끝내면 나는 욕실에 가서 얼굴과 손을 깨끗이 씻고 목욕을 해. 날씨가 더울 때는 가끔 벼룩들이 물 위에 떠 있을 때도 있어. 목욕이 끝나면 이를 닦고, 머리를 만 다음에 매니큐어를 발라. 이 모든 것을 30분 이내에 해치워야 해.

9시 30분. 급히 옷을 입고 비누, 더운 물을 담은 그릇, 머리핀, 팬티 등을 가지고 욕실을 나오지만 대개는 다시 욕실로 불려 가게 마련이야. 다음 사람이 세면기에 내 머리카락이 붙어 있는 것을 보고 한 마디씩 하기 때문이야.

10시. 전등을 끄고 잠자리에 들어. 그러나 불을 끈 다음에 적어도 15분 정도는 침대의 삐걱거리는 소리가 들리거나 한숨 소리가 들려 와. 그렇지만 얼마 후면 조용해져.

11시 30분. 욕실 문이 삐걱 하고 열리며 가느다란 불빛이 방으로 스며든단다. 구두 소리, 약간 큰 윗도리를 입은 사람의 그림자. 크라렐 씨 사무실에서 일하던 뒤셀 씨가 돌아온 거야. 뒤셀 씨는 10분 정도 방 안을 이리저리 다니며 침대를 꾸며. 뒤셀 씨가 잠자리에 들면 사람 그림자가 사라져. 그 후에는 가끔 화장실에서 이상한 소리가 들려 올 뿐이야.

새벽 3시. 나는 소변을 보기 위해 일어나. 침대 밑에 요강이 놓여 있고, 그 밑에는 만일을 위해서 고무 매트를 깔아 놓았어. 부득이 이것을 사용해야 할 때면 나는 언제나 숨을 죽여. 마치 산골짜기에서 떨어지는 시냇물 소리 같으니까 말이야. 소변을 보고 난 후에 요강을 제자리에 밀어넣고 나는 다시 침대 속으로 기어들어가. 그리고 나는 15분 정도 눈을 뜬 채 가만히 귀를 기울이고 있어. 아래층에 도둑이 들어오지는 않았나 걱정이 되기 때문이야. 이러다 보면 누가 잠을 못 이루고 뒤척이는지 금방 알 수 있단다.

때에 따라서는 밤 1시부터 4시 사이에 고사포 소리가 들릴 때도 있어. 이럴 때는 대개 금방 깨게 마련이야. 잠에서 깨면 급히 덧옷을 입고 슬리퍼를 신은 다음에 베개와 손수건을 가지고 아빠 방으로 달려가.

언니는 이런 모습을 생일날 내게 준 시에
서 재미있게 묘사했단다.

한밤중에 총 소리가 울린다.
어머나, 저것 봐요! 문이 삐걱 하고 열리며,
한 소녀가 베개를 끌어안고 살짝 들어옵니다.

아빠의 커다란 침대로 기어들면 포격이 아주 심해지지 않는
한 그런 대로 두려움은 사라져.
아침 6시 45분. 따르릉! 자명종이 울리면 판 단 아주머니가
찰깍 하고 시계 뒤의 꼭지를 눌러. 아저씨는 일어나 급히 욕실
로 가지.
7시 15분. 문이 다시 삐걱 하고 열려. 뒤셀 씨가 욕실에 갈
차례야. 나는 재빨리 전등을 가린 검은 막을 떼어 내.
이렇게 또 새로운 하루가 시작되는 거야.

1943년 8월 23일 월요일
키티!
은신처의 일상 생활 애기를 계속할게.
아침 8시 30분이 되면, 언니와 엄마가 불안해하기 시작해.
"쉿! 아빠, 조용히 하세요. 8시 30분이에요. 빨리 나오세
요. 이제 물 소리를 내선 안 돼요. 조용히 걸으세요!"

언니가 욕실에 계신 아빠에게 이렇게 속삭여. 시계가 8시 30분을 가리키면 아빠는 방에 돌아와 계셔야 해. 이 때부터는 물은 한 방울도 쓸 수 없고 화장실도 사용할 수 없어. 여기저기 돌아다닐 수도 없고 이야기도 조용히 해야 해. 사무실에 아무도 없으면 작은 소리까지 창고에 들리기 때문이야.

8시 20분쯤 되면 4층의 문이 열리고 잠시 후에 마룻바닥을 가볍게 세 번 똑, 똑, 똑! 두드리는 소리가 들려. 내가 먹을 오트밀이 준비된 거야. 나는 위층으로 가서 죽을 접시에 담아 내 방으로 돌아와. 그것을 먹고 난 후, 머리를 손질하고 요란한 소리를 내는 요강을 치우고 침대를 제자리에 갖다 놔.

모든 것을 재빠르게 해야 해. 위층의 판 단 아저씨 부부는 구두를 슬리퍼로 바꿔 신어. 그러면 온 집 안이 고요해져.

이제부터 조금은 가정적인 분위기가 된단다. 나는 책을 읽거나 공부를 하지. 아빠도 엄마도 언니도 마찬가지야. 아빠는 디킨스의 책과 사전을 갖고 삐걱삐걱 소리나는 납작한 침대에 걸터앉으셔. 침대에는 이렇다 할 매트리스도 없어. 베개를 두 개 포개면 편한데 아빠는 없어도 괜찮다며 그냥 앉으셔.

잠시 후, 주위는 다시 고요해져.

언니가 책을 탁 덮어. 아빠는 얼굴을 찌푸리다가 다시 책을 읽으셔. 엄마는 언니와 이야기를 시작하고 나는 호기심에 끌려 귀를 기울여. 아빠도 때때로 이야기에 끼여들곤 하신단다.

9시! 아침 식사 시간이야!

1943년 9월 10일 금요일

키티!

9월 8일 수요일 저녁 때 있었던 일이야. 모두 7시 뉴스를 들으려고 라디오 주위에 모여 앉았을 때, 제일 먼저 들려 온 것은 이런 내용이었어.

"전쟁이 시작된 이래 가장 통쾌한 소식을 알려 드리겠습니다. 이탈리아가 항복했습니다!"

이탈리아가 무조건 항복했대! 8시 15분에는 영국의 네덜란드 어 방송도 같은 소식을 전해 주었어. 라디오에서는 영국 국가와 미국 국가가 흘러 나왔어.

하지만 우리에게는 아직 걱정이 남아 있어. 그것은 바로 코프하이스 씨의 건강이야. 너도 알다시피 우리 모두 그를 좋아해. 그는 아파서 많이 먹지도 못하고, 많이 걸을 수도 없지만 언제나 쾌활하고 놀랄 만큼 용기가 대단해.

"코프하이스 씨가 오시니까 태양이 빛나는 것 같아요."

며칠 전에 엄마는 이렇게 말씀하셨어. 사실이 그래. 코프하이스 씨는 이번에 위궤양 수술을 받기 위해 적어도 4주일은 입원해야 한다고 해.

그는 입원하러 가면서 잠깐 볼일을 보러 나가는 것처럼 보통 때와 같이 우리들에게 '안녕!' 하며 작별 인사를 했는데, 그 때 그분의 씩씩한 모습은 너에게 보여 주고 싶을 정도였어.

1943년 9월 16일 목요일

키티!

이 곳에 있는 사람들의 사이가 날마다 나빠지고 있어. 식사 때도 묵묵히 음식만 먹을 뿐, 아무도 입을 열지 않아. 무슨 말을 해 봤자 남을 괴롭히거나 오해를 받게 되기 때문이야.

나는 너무 불안하고 우울해서 매일 진정제를 먹지만 그 다음 날은 한층 더 비참해져. 이런 약을 먹는 것보다는 즐겁게 웃으며 생활하려고 노력하는 편이 나을 것 같은데, 그게 쉽지 않아. 이러다가 얼굴이 길어져서 입 언저리가 축 늘어지지나 않을까 걱정이야.

게다가 또 다른 걱정거리가 생겼단다. 아래층 창고지기가 은신처를 의심하기 시작했다는 거야. 더구나 이 창고지기는 쓸데없이 남의 일 캐기를 좋아하고 입이 가벼워서 믿을 만한 사람이 아니거든.

한번은 크라렐 씨가 우리 은신처에 몰래 올라왔다가 창고지기의 눈을 피해 창문으로 몰래 빠져 나가느라 혼쭐이 난 적도 있었어.

1943년 9월 29일 수요일

키티!
판 단 아주머니의 생일이야.
사무실 사람들은 판 단 아주머니께 음식과 꽃을 선물했어.

우리는 잼과 치즈, 고기와 빵 배급권을 선물했지.

판 단 아저씨는 요즘 기분이 좋지 않은가 봐. 아빠도 무슨 일 때문인지 단단히 화가 나셨어. 엘리 언니도 한껏 날카로워. 사무실 일은 밀려 있는데 발목을 삐었거든.

병상에 계신 포센 씨 그리고 입원한 코프하이스 씨, 미프 아주머니까지 독감으로 누워 있단다.

이런 상황에서 짜증나지 않을 방법이 없을까? 나라도 위로해 줘야겠는데, 힘들기는 나도 마찬가지란다.

1943년 11월 11일 목요일
키티!

오늘 편지에는 '만년필에 얽힌 추억에 바치는 시'라는 제목을 붙이기로 하겠어. 어때, 멋지지?

만년필은 내가 가장 아끼는 물건 중의 하나야. 이 만년필은 내가 아홉 살 때, 멀리 아헨에 사시던 할머니께서 선물로 보내 주신 거야. 나는 빨간 가죽 케이스에 들어 있는 이 멋진 만년필을 여러 친구들에게 보여 주며 자랑했단다.

열 살이 되었을 때, 나는 부모님께 만년필을 학교에 가지고 다녀도 된다는 허락을 받았고 선생님께서도 그것으로 글을 써도 좋다고 말씀하셨어. 하지만 6학년이 되어서는 학생용 펜만을 써야 했기 때문에, 내 보물은 그냥 간직해 두어야 했어.

열두 살이 되어 유대 인 중학교에 입학했을 때, 내 만년필은 지퍼가 달린 멋진 필통으로 이사했단다.

내가 열세 살이 되면서 만년필도 나와 함께 이 은신처로 와서, 나를 위해 헤아릴 수 없이 많은 일기와 글을 써 주었어. 지금 내가 열네 살이니까 이 만년필은 나와 함께 지난 한 해를 여기서 보낸 셈이야.

그런데 지난 금요일 오후였어. 내 방에서 나와 테이블 앞에 앉아 뭔가를 쓰려고 하는데 아빠와 언니가 라틴 어를 공부하러 들어왔기 때문에 나는 할 수 없이 자리를 양보했지.

나는 만년필을 놓아 둔 채, 테이블 구석에 우두커니 앉아 콩을 비비고 있었단다. 그런 다음 마루를 청소하고 썩은 콩과 함께 쓰레기를 헌 신문지로 싸서 난로 속에 던져 넣었어. 그랬더니 불꽃이 강하게 피어 올랐고 나는 꺼져 가는 불이 다시 활활 타는 것을 보며 멋지다고 생각했지.

이윽고 불은 잠잠해졌고 나는 쓰던 것을 마저 쓰기 위해 테이블 앞에 앉았어. 그런데 아무리 찾아도 만년필이 보이지 않

는 거야. 언니도 같이 찾아 주었지만 만년필은 그림자도 보이
지 않았어.

"아마 콩과 함께 난로 속에 던져 넣은 모양이야."

언니가 말했어.

"아냐, 그럴 리 없어,"

나는 고개를 저었어.

저녁때가 되어도 만년필이 나타나지 않아 나 역시 쓰레기에
섞여 불에 타 버린 것이라고 생각하게 되었어.

이튿날 아침, 내가 염려한 것이 사실로 드러났어. 아빠가 난
로를 청소하다가 재 속에서 만년필의 장식 하나를 발견하신
거야. 펜촉은 흔적도 보이지 않았어. 틀림없이 불에 녹아 버렸
을 거라고 아빠가 말씀하셨어.

섭섭했지만 한 가지 위안이 된 것은 내 만년필이 내가 죽었
을 때 해 주기를 바라는 것과 같이 화장되었다는 사실이야.

오, 가엾은 나의 만년필이여!

1943년 12월 22일 수요일

키티!

지독한 감기 때문에 그 동안 너에게 편지를 쓰지 못했단다.
기침이 나오려 하면 이불을 뒤집어쓰고 소리를 내지 않기 위
해 조심해야 했어.

목이 간지러워 우유나 꿀, 사탕 같은 것을 먹었단다. 땀을

내고, 목과 가슴에 찜질을 하고, 뜨거운 물을 마시고, 목에 약을 바르고, 두꺼운 이불을 덮고, 레몬 주스를 마시고, 두 시간마다 체온을 쟀어. 집안 식구들이 이것 저것 시도한 치료법들을 생각하면 지금도 현기증이 날 지경이야.

이런 치료로 정말 감기가 나을까? 무엇보다 제일 기분이 나빴던 것은 뒤셀 씨가 번들번들하게 기름을 바른 머리를 내 가슴에 바짝 대며 심장의 고동 소리를 들으려고 했을 때였어. 뒤셀 씨의 머리카락이 가슴에 닿을 때마다 간지럽고 불쾌해서 견딜 수 없었어.

그는 30년 전에 의학을 공부해서 의사 자격을 갖고 있다고 해. 하지만 어째서 내 가슴에 머리를 바짝 댔을까? 나의 연인도 아니면서 말이야! 게다가 그는 요즈음 귀가 먹어서 먼저 자기 귀부터 청소할 필요가 있는데 말이야.

병에 대한 이야기는 이제 그만 하겠어. 지금은 건강해졌으니까. 키가 1센티미터 자랐고, 몸무게도 늘었어. 그러나 안색은 아직 좋지 않아. 공부가 하고 싶어 못 견디겠어.

네게 전할 만한 좋은 소식은 별로 없구나. 은신처 식구들은 요즈음 사이가 좋아졌어. 반 년 동안이나 잠시도 싸움이 그칠 새가 없더니 여간 다행이 아니야. 가엾은 엘리 언니는 아직도 다 낫지 않았단다.

크리스마스 특별 배급으로 기름, 과자, 시럽을 받았어. 가장 멋진 선물은 브로치였어. 값싼 재료로 만든 것이지만 아름답게 반짝이는 거야.

밖에는 가랑비가 내리고 있어. 난로에서는 냄새가 나고, 먹은 것이 소화되지 않아 배에서 자꾸만 꾸룩꾸룩 소리가 나.

1943년 12월 27일 월요일

키티!

금요일 저녁, 우리는 모두 한 자리에 모여 크리스마스 선물을 받았어. 코프하이스 씨, 크라렐 씨, 미프 아주머니, 엘리 언니가 우리들 모르게 뜻하지 않은 선물을 준비했던 거야. 미프 아주머니는 멋진 크리스마스 케이크를 만들어 주었어. 거기엔 '평화 - 1944년'이라고 씌어 있었어.

엘리 언니는 전쟁 전에 먹었던 것과 같은 맛있는 비스킷을 가져왔어. 그리고 페터와 언니와 나에게는 요구르트 한 병씩, 어른들에게는 맥주를 한 병씩 주었어. 선물은 모두 예쁘게 포장되어 있었어. 그리고 포장지마다 예쁜 그림으로 꾸며져 있었고.

이런 선물을 받지 못했다면 크리스마스는 우리가 모르는 사이에 그냥 지나가 버렸을 거야.

1943년 12월 29일 수요일

키티!

어젯밤 또다시 무척 슬펐어. 할머니와 리스 생각을 했거든.

아, 보고 싶은 할머니! 우리는 할머니가 얼마나 고통을 참아 오셨으며, 또 얼마나 좋은 분이셨는지 잘 모르고 있었어.

또한 할머니는 당신이 무서운 병에 걸린 사실을 우리에게 계속 숨기셨단다. 언제나 성실하고 마음씨가 착하셨던 할머니. 한 번도 우리를 실망시킨 적이 없었던 할머니. 우리가 아무리 심한 장난을 해도 할머니는 언제나 우릴 감싸 주셨지.

할머니는 나를 사랑하셨을까? 아니면 내 기분을 이해하지 못하셨을까? 모르겠어. 할머니에게 자신의 얘기를 했던 사람은 아무도 없었어. 우리들이 곁에 있었지만 할머니는 얼마나 쓸쓸하셨을까?

사람은 아무리 많은 사람의 사랑을 받고 있어도 외로울 때가 있는 법이야. 왜냐 하면 사람은 누구에게도 '단 하나의 사랑하는 사람'이 될 수 없기 때문이지.

리스는 아직 살아 있을까? 지금 어디서 무얼 하고 있을까? 하나님, 제발 리스를 보호하여 우리에게 돌려 보내 주세요.

리스, 나는 언제나 네 입장에 서서 내가 너라면 어떤 운명이 되었을까 생각해 본단다. 그런데도 나는 어째서 종종 이 곳 생활을 불행하게 여기는 것일까? 너처럼 고통을 겪고 있는 사람들을 생각하면 언제나 감사하면서 만족해야 하지 않을까?

　나는 나밖에 모르는 겁쟁이야. 어째서 늘 무서운 꿈만 꾸고 무서운 생각만 하는 거지? 때때로 너무나 무서워서 소리를 내어 비명을 질러 보고 싶어질 때도 있어.

　그건 역시 하나님을 믿는 마음이 부족해서겠지. 하나님은 내게 많은 것을 주셨는데도, 나는 여전히 매일 많은 잘못을 저지르고 있어. 바깥 세상에 있는 다른 사람들에 대해 생각하면 그저 울고만 싶어. 하루 종일이라도 울 수 있을 거야.

　지금 내가 할 수 있는 일은 하나님께 매달려서 기적을 일으켜 불행에 빠져 있는 사람들을 구원해 달라고 기도하는 것뿐이야. 하지만 그건 이미 충분히 하고 있는걸!

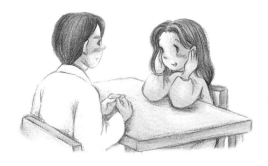

사춘기

1944년 1월 5일 수요일

키티!

오늘은 두 가지 일을 고백하려고 해. 만일 누군가에게 꼭 애기해야 한다면 네가 가장 적당할 거라고 생각해. 어떤 경우에도 넌 절대 비밀을 지켜 줄 테니까.

먼저 엄마에 관한 일이야. 내가 엄마에게 상당히 불만을 갖고 있지만, 그래도 다정하게 대해 드리려고 노력하고 있다는 것을 너도 알고 있을 거야.

그런데 요즘 나는 엄마와 나 사이의 문제가 무엇인지 확실히 알게 되었어. 엄마는 언니와 나를 딸이라기보다 친구로 여겨 오셨다는 거야. 그것은 그것대로 좋은 생각이긴 하지만 나

는 아무래도 엄마와 친구가 같을 수는 없다고 생각해. 나는 엄마가 나의 본보기가 되어 주셨으면 좋겠어. 내가 늘 존경할 수 있는 분 말이야. 훌륭한 어머니라면 자식들을 잘 이끌어 주고, 잘못하더라도 비웃거나 야단치지 않아야 하지만 우리 엄마는 그렇지 않단다.

언니는 나와 생각이 다르기 때문에 내 말을 결코 이해하지 못할 거야. 아빠 역시 내가 엄마의 단점에 대해 얘기하는 것을 듣지도 않으셔.

둘째는 나 자신에 관한 일이야. 말하기 좀 어려운 얘기지만 너에게는 털어놓을게.

어제 나는 시스 헤이스텔이 쓴 여성의 생리에 관한 글을 읽었어. 마치 나를 위해서 쓰인 것 같았어. 지은이는 다음과 같은 내용을 쓰고 있었어.

사춘기 소녀는 내면적으로 안정됨과 동시에 자신의 신체에 일어나는 놀라운 현상에 대해서 마음을 쓰기 시작한다.

내가 요즘 아빠와 엄마, 언니 앞에서 괜히 쑥스러워지는 것도 바로 이런 것 때문인 것 같아. 내게 일어나고 있는 변화는 멋진 일이라고 생각해. 단지 신체적인 변화만이 아니라 내면에서 일어나는 모든 일들도. 하지만 나는 아직까지 이런 얘기를 어느 누구와도 나누어 본 적이 없어.

아직 세 번밖에 하지 않았지만, 생리가 있을 때마다 놀라움과 우울함, 약간의 불쾌한 기분을 느끼곤 해. 하지만 마음 속에 달콤한 비밀 하나를 숨기고 있는 것 같아 기쁘기도 하단다.

시스 헤이스텔은 또 이렇게 쓰고 있어.

이 또래의 소녀는 자아라는 것을 스스로 똑똑히 느끼지는 못해도, 점차 자신이 꿈과 세상을 보는 눈을 지닌 하나의 인간이라는 사실을 발견하기 시작한다.

나는 다른 소녀들보다 빨리 자기 자신에 대해 생각하기 시작하고 스스로 하나의 인간임을 느끼는 것 같아. 나는 때때로 잠자리에서 내 앞가슴에 손을 대며 규칙적인 심장의 고동을 느껴 보고 싶은 충동에 사로잡힐 때가 있어.

어쩌면 이 곳에 오기 전부터 나는 무의식적이나마 이미 그런 것을 느꼈던 건 아닐까?

언젠가 어떤 친구와 함께 누워 있다가 그 애에게 키스하고 싶은 강한 충동을 억누를 수 없어 그만 키스를 해 버린 적이 있었어. 그 애는 언제나 자기 몸을 나에게 보이지 않으려 했기 때문에 점점 더 호기심이 생겼단다. 나는 그 애에게 우정의 증거로 서로의 앞가슴을 만져 보자고 제안했지만 거절당했어.

비너스상과 같은 여성의 나체를 보면 언제나 황홀해지곤 해. 너무나 멋지고 어느 것에도 비교할 수 없을 만큼 아름다워

서 나도 모르게 눈물을 흘릴 정도야.

아아, 여자 친구를 하나 갖고 싶어!

1944년 1월 6일 목요일

키티!

아무하고라도 이야기를 하고 싶어서 견딜 수가 없었어. 그래서 참다못해 페터를 생각해 냈어.

낮에 나는 이따금 4층에 있는 페터의 방으로 놀러 가.

페터는 귀찮아도 나가 달라는 말을 못 할 정도로 얌전한 아이여서 난 그가 귀찮아할까 봐 오래 앉아 있을 수도 없었어.

이번에는 일부러 구실을 만들어서 페터를 찾아갔어. 그리고 테이블을 사이에 두고 이야기했어. 그의 수줍은 태도를 보니 이상하게도 마음이 편안해졌어.

난 이렇게 말하고 싶었어.

'마음 속에 있는 생각을 말해 봐, 페터! 나한테 그런 쓸데없는 이야기 말고는 할 이야기가 없니?'

그렇다고 내가 페터를 사랑하고 있다고는 생각지 말아 줘. 그런 일은 절대로 없을 거니까. 만일 판 단 아저씨 댁에 사내아이가 아니고 여자 아이가 있었다 하더라도, 나는 역시 그 애하고 친구가 되려고 했을 거야.

1944년 1월 24일 월요일

키티!

어제 일인데 언니와 페터와 내가 감자 껍질을 벗기다가 무쉬에 대한 얘기를 하게 되었어.

"무쉬가 암컷인지 수컷인지 우리는 아직 모르잖아."

내가 말하자 페터가 즉시 이렇게 대답하는 거야.

"알고 있어. 수컷이야."

나는 웃음을 터뜨렸어.

"뭐라고? 수고양이가 새끼를 낳는다고? 그것 참 우습고도 이상하네!"

페터와 언니도 웃었어. 얼마 전에 페터가 어처구니없는 착각을 했던 일을 기억해 냈기 때문이야.

2개월 전, 페터는 무쉬의 배가 커지고 있으니 머지않아 새끼를 낳을 거라고 말했거든. 하지만 그것은 뼈다귀를 잔뜩 훔쳐먹은 탓이었어. 그 후로 더 이상 배는 불룩해지지 않았고,

물론 새끼고양이도 태어나지 않았지.

내가 놀리니까 페터는 변명할 필요를 느꼈는지 조금 퉁명스
럽게 말했어.

"틀림없어. 함께 가서 봐. 요전에 무쉬를 데리고 놀다가 수
컷이라는 걸 알았어."

그 말을 듣고 호기심에 페터를 따라 창고로 갔어. 하지만 무
쉬는 보이지 않았지. 잠시 기다리다가 추워서 둘 다 돌아와 버
렸어.

오후에 다시 페터가 아래층으로 내려가는 소리를 듣고 용기
를 내어 창고에 가 봤더니, 무쉬를 저울에 달아 보고 있었어.

"무쉬를 보러 왔니?"

그는 고양이를 꼭 잡고 뒤집은 뒤, 강의를 시작했어.

"이것 봐. 이것이 수컷의 생식기야. 여기엔 털이 나 있어.
그리고 이건 항문이야."

무쉬는 반 바퀴 재주를 넘고 네 발로 섰어. 만약 다른 남자
아이가 수컷의 생식기를 보여 주었다면 나는 그 뒤로 두 번 다
시 그 애의 얼굴을 보지 않았을 거야.

하지만 페터는 너무나 담담한 말투로 보통 때 같으면 말하
기 어려운 일을 지극히 당연하게 말했기 때문에, 나도 편안한
마음으로 자연스럽게 행동하게 되었어.

우리는 잠시 창고 안을 어슬렁거리며 무쉬를 데리고 놀다가
입구 쪽으로 걸어 나왔어.

"보통 나는 궁금한 것이 있으면 책을 찾는데, 너는?"
내가 물었어.

"그래? 난 아빠한테 물으러 가. 그런 일은 아빠가 나보다 잘 알고 있고, 경험도 있으니까."

그 말을 할 때는 이미 계단까지 와 있어서 페터와 나는 더 이상 이야기를 계속할 수 없었어.

사실 이런 이야기는 여자 친구에게도 이렇게 태연히 말할 수는 없었을 거야. 엄마가 남자 친구와 성에 대해 이야기하지 말라고 주의를 준 것을 잘 기억하고 있지만 어제는 하루 종일 기분이 들떠 있었어. 지금도 그 때 주고받은 이야기를 떠올리면 왠지 야릇한 기분이 돼.

나는 성에 대한 것을 농담삼아 얘기하지 않고 자연스럽게 말할 수 있는 상대, 그것도 남자 친구가 이 세상에 실제로 있을 수 있다는 것을 알게 되어 기뻤단다.

정말 페터는 부모님한테 그런 여러 가지 일들을 질문할까? 부모님 앞에서도 어제 나에게 한 것처럼 자연스러운 태도로 말할까? 정말 궁금해.

가슴 속에
움트는 봄

1944년 2월 12일 토요일

키티!

태양이 빛나고 있어. 하늘은 맑게 개고 기분 좋은 바람이 살랑대는구나. 내 가슴 깊은 곳에는 누구에게도 말하지 못한 그리움이 자리잡고 있어. 난 이제는 그리움을 이야기하고 싶어. 자유롭고 싶고, 친구가 너무나 그리워!

그리고 마음껏 울고 싶어! 이대로는 가슴이 터질 것 같아. 울고 나면 조금은 후련해지겠지. 하지만 그럴 수도 없어.

나는 생각해. 내 안에 봄이 있고, 나는 이제 막 그 봄에 눈뜨기 시작했다고. 나는 온몸으로 그것을 느끼고 있어서 아무리 애써도 태연하게 행동할 수가 없어. 모든 것이 뒤죽박죽되어 무엇을 읽고, 무엇을 써야 좋을지 모르겠어. 다만 분명한 건 세상의 모든 것이 애틋하게 느껴진다는 것뿐이야.

1944년 2월 13일 일요일

키티!

어제 이후로 여러 가지 변화가 일어났어. 어떤 변화가 일어났는지 말해 줄게.

난 오늘 아침 우연히 페터와 눈길이 마주쳤는데, 그 때 그 애의 눈에서 따스한 봄 기운을 느꼈단다. 지금까지는 페터가 언니를 사랑하고 있는 줄 알았었는데 그게 아니었던 거야.

하지만 이런 기분에 너무 빠져선 안 되겠지?

난 지금 혼자 있고 싶어. 아빠는 내가 평상시와 다르다는 것을 눈치채신 모양이지만 그렇다고 모든 것을 털어놓을 수는 없어.

"날 내버려 두세요. 가만히 놔 두세요!"

이렇게 소리치며 온종일 울고 싶은 기분이야.

아, 이 일을 어쩌면 좋아!

1944년 2월 16일 수요일

키티!

오늘은 마르고트 언니의 생일이었어.

페터는 낮에 선물 구경을 왔다가 한참이나 놀다 갔어. 전에

는 좀처럼 그런 일이 없
었어.

나는 오늘 하루만이라
도 언니 대신 감자 나르
는 일을 하려고, 냄비를
들고 페터의 방을 지나
다락방으로 올라갔어.
감자는 모양이 동그란
것으로 골라야 했는데,
한참을 그러고 있다 보
니 춥고 등도 아팠어.

지쳐서 내려오려고 하
는데, 페터가 나타났어.

"춥지 않니?"

페터가 감자 냄비를 받아 주며 말했어. 나를 바라보는 눈길
이 따뜻했어.

나는 감자 심부름을 두 번 더 하면서 페터와 많은 이야기를
나눴어.

"안네, 넌 프랑스 어 실력이 대단해!"

페터는 나를 칭찬해 주었어.

"안네, 난 아무것도 잘 하는 것이 없나 봐……."

페터의 그 말에 나는 너무나 슬펐어. 그의 마음 한 구석에

웅크리고 있는 열등감을 보았기 때문이야.

그러나 우리는 곧 기분 좋은 이야기로 화제를 바꿨어. 우리 아빠와 사람들의 성격에 대해 이야기를 나누었단다.

1944년 2월 18일 금요일
키티!

요즘은 위층으로 갈 때마다 페터를 만났으면 하고 기대하게 돼. 이제는 인생에 대한 목적이 생기고 즐거움도 얻게 되어서, 모든 것이 전보다 훨씬 유쾌해졌어.

적어도 내가 그리워하는 누군가가 늘 내 곁에 있으니까. 그렇다고 우리가 연애를 하고 있는 건 아니야. 그와 나 사이에 아름다운 믿음과 우정을 가져다 주는 그 무엇이 싹트고 있을 따름이지.

요즘은 틈만 나면 페터한테로 가. 페터는 이제 무슨 말부터 꺼내야 할지 몰라서 주춤거리는 예전의 페터가 아니야. 내가 방을 나서고 있는데도 여전히 이야기하고 있을 정도야.

엄마는 아무래도 그런 것이 마음에 걸리시는지 내 얼굴만 보면 페터를 귀찮게 해서는 안 된다고 말씀하셔. 그리고 내가 페터의 방에 들어갈 때마다 이상한 눈초리로 나를 바라보시곤 해. 내가 4층에서 내려오면 지금까지 어디에 있었냐고 묻기도 하신단다.

정말로 참을 수 없어. 역겹기까지 해.

1944년 2월 19일 토요일

키티!

다시 토요일이야. 오전에는 아주 조용했어.

4층에서 잠시 일을 거들었지만 페터와는 두세 마디 짧은 말을 주고받았을 뿐이야.

오후 2시 30분이 되어 모두가 낮잠을 자거나 책을 읽기 위해 각자 자기 방으로 들어간 후에 나는 담요를 들고 전용 사무실로 가서 책상에 앉아 공부를 시작했단다.

그런데 갑자기 공연히 슬퍼져서 팔에 얼굴을 묻고 하염없이 울었어. 눈물은 볼을 타고 흘러내렸고, 모든 게 다 절망적이었어. 아아, 이럴 때 페터가 와서 위로해 주었으면!

다시 위층으로 돌아온 것은 4시경이었어. 다시 페터를 만날 수 있을지도 모른다는 기대를 갖고 기분을 바꾸어 감자를 가지러 갔는데, 욕실에서 머리를 만지고 있는 동안에 그는 창고로 무쉬를 찾으러 가 버렸어.

순간 또 눈물이 나올 것 같아서 급히 작은 손거울을 들고 화장실로 들어갔어. 잠시 그 곳에 서 있자 눈물이 흘러내려서 빨간 앞치마에 얼룩이 생겼어. 그 어느 것과도 비교할 수 없을 만큼 비참한 기분이었단다.

이래서는 아무리 해도 페터의 마음을 움직일 수 없어. 어쩌면 그는 나를 전혀 좋아하지 않는지도 모르고, 마음을 터놓을 상대 따위는 처음부터 필요 없었는지도 몰라.

그저 순간적인 기분이었을지도 모르겠어. 그렇다면 나는 우정을 잃고 페터도 잃고 또다시 외톨이가 될 테지. 그러다가 애써 얻은 희망도, 위안도, 즐거움도 없어져 버릴 거야.

아, 그의 어깨에 얼굴을 묻고 이렇게 깊은 고독에서 구원받을 수 있다면!

하지만 아마도 그는 나에 대해서는 조금도 흥미가 없고 다른 사람에게도 똑같은 태도를 보이고 있을 거야. 나에게만 특별한 눈길을 보냈다고 생각한 것은 내 기분 탓이었을까?

아아, 페터! 네가 내 얼굴을 바라보고, 내 음성을 들어 준다면……

눈물은 여전히 볼을 타고 흘러내렸지만 어느 정도 시간이 흐르자 또 다른 희망과 기대가 되살아나더구나.

1944년 3월 7일 화요일

키티!

나는 지난 2년 동안의 생활을 돌이켜보았어.

처음엔 따뜻한 가정 생활을 즐겼는데, 1942년에 은신처로 온 뒤 갑자기 생활이 변해 버렸어. 말다툼이 그칠 날이 없는

생활이었어. 그리고 1943년 전반에는 외로워서 늘 울었어.

나는 차츰 자신의 결점을 알게 되었어. 지금도 여러 가지 모자라는 점이 많아. 그 무렵에는 더 심했어. 마음에도 없는 말을 하여 아빠의 마음을 내게로 돌리려고 애를 썼으니 말이야.

지금은 그렇지 않아. 나 자신을 더 나은 사람으로 향상시키려고 혼자서 노력 중이야.

1943년 후반에는 조금 사정이 좋아졌어. 나는 좀더 어른으로서의 대접을 받게 되었어. 나는 여러 가지 일들에 대해 깊이 생각하고 글도 썼으며, 아무도 나에게 이래라저래라 할 권리가 없다는 것을 깨달았어. 나는 내가 원하는 대로 나를 변화시킬 거야.

아빠조차도 결코 모든 것을 털어놓고 의논할 상대가 될 수 없다는 사실을 알고, 나는 너무나 큰 충격을 받았어. 이제 나는, 나 자신 외에는 아무도 믿고 싶지 않아.

올해 초에 두 번째의 큰 변화가 일어났어. 내가 여자 친구가 아닌 남자 친구를 그리워하게 되었다는 사실이야. 또한 마음의 행복을 발견하고, 진심을 감추기 위해 쾌활한 체할 줄도 알게 되었어. 그리고 나는 아름다움과 선한 것을 끊임없이 갈망하게 되었어.

밤에 잠자리에 들 때는 하나님께 기도를 해.

'주여, 모든 선한 것, 사랑하는 것 그리고 아름다운 것에 대해 감사드립니다.'

기도할 때는 불행하다는 생각을 하지 않아. 나는 이 세상에 존재하는 아름다움만을 생각해. 이 점에서는 엄마와 난 서로 의견이 달라.

누군가 우울해할 때 엄마는 이렇게 충고하셔.

"세상의 모든 불행을 생각하고, 자기가 그처럼 불행하지 않음을 감사해야 해."

하지만 나는 속으로 이렇게 충고해.

'들로 나가 자연과 햇볕의 따뜻함을 즐기고, 당신 자신과 하나님의 품 안에서 행복을 찾으려고 노력하세요. 그리고 자기의 내면과 주위에 아직 남아 있는 모든 아름다움을 생각하고 행복해지도록 노력하세요.'

행복한 사람은 다른 사람들도 행복하게 만들 거야. 용기와 신념을 가진 사람이라면 결코 불행해지지 않아.

언니의 편지

1944년 3월 12일 일요일

키티!

요즈음 마음이 몹시 초조해. 페터와 자주 이야기를 나누고 싶지만 혹시 귀찮아하면 어쩌나 걱정이 되거든.

페터는 내게 자신의 지난날과 집안에 대한 이야기를 조금 들려 주었어. 하지만 난 그 정도로는 부족하다고 생각해. 페터에 대해서 아직 모르는 게 더 많은걸.

전에는 페터에 대해 관심도 없었는데 지금은 달라. 어째서 이토록 그에게 마음이 끌리는 건지 알 수가 없어.

키티, 너도 내가 마르고트 언니와 얼마나 친한지 알고 있지? 그런데도 난 언니한테 내 속마음을 몽땅 털어놓을 수가 없단다.

언니는 아름답고 착하지만 내 얘기를 너무 심각하게 생각해. 무엇을 캐내려는 눈빛으로 날 쳐다봐.

내가 무슨 말만 하면 '그게 정말이야? 정말 그렇게 생각해?' 하는 표정으로 고개를 갸우뚱거리곤 해.

1944년 3월 14일 화요일

키티!

조금 슬픈 얘기를 하나 할게.

우리 은신처 식구들에게 식량 배급표를 구해 주던 사람이 붙잡혀 갔어. 그 바람에 우린 어려움을 겪고 있어. 기름도 떨어진 지 이미 오래되었어. 미프 아주머니와 코프하이스 씨는 아파서 누워 있고. 엘리 언니는 너무 바빠 쇼핑할 틈이 없어.

은신처 분위기는 온통 우울함으로 가득 차 있어. 판단 아주머니는 굶어 죽게 되었다면서 온종일 징징거리고만 있어.

다행히 오전에 크림과 우유를 조

금 살 수 있었어.

오늘 저녁 우리가 먹은 음식은 양배추로 만든 요리였어. 양배추가 너무 오래 된 것이라서 냄새가 말도 못 했어.

그 냄새 말고도 방 안에선 썩은 건포도와 계란 냄새가 진동하고 있어. 함부로 그냥 먹었다가는 틀림없이 병에 걸리고 말 거야.

감자도 썩어서 한 통은 몽땅 난로 속에 집어던질 수밖에 없었어. 썩은 감자는 암이나 천연두, 홍역 같은 무서운 병을 발생시키는 원인이 되거든.

1944년 3월 19일 일요일

키티!

어제는 내 인생 최고의 날이었어. 페터와 여러 가지 일을 털어놓고 이야기했단다.

저녁 식사를 하기 전에, 나는 페터에게 낮은 소리로 오늘 밤 속기 연습을 할 것인지 물었어.

"아니, 안 해."

페터가 대답했어.

"그럼 이따가 나랑 이야기 좀 하자."

내 말에 그는 그러자고 했어.

식사 후에 설거지를 끝내고 잠시 판 단 아저씨 방 창가에 서 있다가 곧 페터가 있는 곳으로 갔어. 그는 창가에 서 있었어.

밝은 데보다 어두운 창가가 훨씬 이야기하기에 편할 것 같았어. 너무 많은 이야기를 나누어서 어떤 이야기를 했는지 다 기억할 수 없지만, 이 은신처에 오고 난 후에 가장 멋진 밤이었어.

　키티, 우리가 한 이야기들을 너에게만 간단히 말해 줄게.

　우리는 처음에 말다툼에 대해서 얘기했어. 지금은 말다툼을 전혀 다른 눈으로 바라보게 되었다는 것과 부모님들과 틈이 생긴 것 같다는 이야기였지.

　나는 엄마, 아빠, 언니 그리고 나 자신에 관해서도 이야기했어. 이야기 도중에 페터가 이런 말을 하더구나.

　"너희 가족은 항상 잠들기 전에 키스를 하니?"

　"응, 그런데 너희는 안 하니?"

　"안 해, 난 아무하고도 키스 같은 건 해 보지 않았어."

　"생일날에도?"

　"그 땐 하긴 하지만……."

　이야기는 계속되었어. 둘 다 부모님에게는 모든 것을 털어놓을 수 없다는 것, 페터의 부모님은 털어놓고 이야기하기를 바라지만 페터는 그러고 싶지 않다는 것, 나는 침대 속에서 마

음껏 울고, 그는 다락방에 가서 혼자 마음을 달랜다는 것, 언니와 나 역시 모든 것을 다 털어놓지 않는다는 것 등. 우리는 생각나는 것들을 모두 이야기했단다.

아, 페터는 역시 생각했던 대로 나와 비슷한 아이였어!

그리고 여기 왔을 당시의 우리 사이가 지금과는 많이 달랐다는 이야기를 나누었어. 너도 알다시피, 처음에는 우리 둘 다 서로를 싫어했잖니. 그는 나를 수다쟁이에다 제멋대로라고 생각하고, 나는 나대로 페터 같은 따분한 사람과는 상대할 필요가 없다고 생각했었지.

또 페터는 자신이 늘 외톨이였다고 했어. 나는 그의 점잖은 행동과 나의 수다스러운 말투는 결국 외로움을 잊기 위한 나름대로의 방법이었다는 것을 알았어.

그래서 나는 페터에게 나도 조용한 것을 좋아하며 일기장 외에는 내 것이라곤 아무것도 없다고 했단다. 그리고 그가 여기에 있어서 즐겁다는 것, 내가 얼마나 그를 위로해 주고 싶은지 이야기했어.

"안네는 항상 나를 위로해 주고 있어."

페터가 나를 바라보며 말했어.

"어떻게?"

나는 깜짝 놀라 물었어.

"너의 명랑함으로."

페터가 대답했어.

참으로 멋진 말이야. 그는 나를 친구로 생각하고 좋아하는 게 틀림없어. 당분간은 그것으로 충분해. 난 너무나 기쁘고 행복해서 뭐라고 말해야 좋을지 모르겠어.

미안해, 키티. 오늘은 내 글이 너무 엉망이지? 이해해 주렴. 그저 떠오르는 대로 쓴 거니까.

이제 페터와 나는 비밀을 서로 나누어 가진 느낌이야. 그가 미소 띤 눈으로 나를 바라보고 윙크하면 한 줄기 빛이 내 가슴 속을 비춰 주는 것 같아.

부디 이런 기분이 언제까지라도 계속되기를! 그리고 보다 더 멋진 시간이 찾아오기를!

1944년 3월 20일 월요일

키티!

요즘 나의 행복한 마음에는 한 가닥 그늘이 드리워 있어. 마

르고트 언니가 예전부터 페터를 좋아하고 있었어. 하지만 난 언니가 그를 얼마나 좋아하는지 알 수가 없어. 만일 나 때문에 언니가 우울해한다면 나 또한 슬플 거야.

　마르고트 언니가 이런 내 마음을 눈치채고 보낸 편지와 내가 쓴 답장을 적어 볼게.

안네에게

내가 너와 페터를 어떻게 샘낼 수 있겠니?

나는 다만 이야기를 주고받을 수 있는 친구를 아직 찾지 못했을 뿐이야. 나와 페터는 그렇게 다정한 사이는 아니었다고 말할 수 있겠지. 가까운 사이였다면 모든 걸 다 털어놓고 이야기를 주고받았을 테니까.

내가 누군가를 사귄다면 페터보다 나이가 많고 훨씬 더 유식한 사람이어야 할 거야. 너는 내가 가진 것을 빼앗은 게 아니야. 네 자신을 탓하지 않길 바란다.

또한 너와 페터가 진정한 우정을 이어 가길 기도할게.

　　　　　　　　　　　　　　언니 마르고트

마르고트 언니에게

언니가 유쾌한 기분으로 쓴 편지 같지는 않았어.

나와 페터와의 우정이 어느 정도인지 아직은 알 수 없어.

언니는 물론 누나 같은 마음으로 페터를 위로하고 싶겠지.

실은 나도 언니와 비슷한 감정이야.

언니는 내가 얼마나 언니를 자랑스럽게 생각하고 있는지

모를 거야.

아빠도 마찬가지야.

나는 늘 두 사람을 본받으려고 노력하는 중이야.

동생 안네

1944년 3월 22일 수요일

키티!

마르고트 언니에게서 어제 저녁 다시 편지를 받았어. 나는 곧바로 펜을 들어 언니에게 답장을 보냈어.

안네에게

네가 말했듯이 페터는 남동생 같아. 나와 페터가
서로 마음이 오고 갔다면, 아마 남매 간의 사랑
같은 것일 거야. 그러니 나를 위로할 필요는 없단다.
페터와 너의 우정이 소중히 간직되기를 진심으로 바랄게.

언니 마르고트

마르고트 언니에게

페터와 내가 우정을 계속 이어 가게 될지, 헤어지게 될지는
머지않아 알게 되겠지.
우리의 운명이 앞으로 어떻게 변하게 될지 누구도 알 수 없잖아.
굳이 먼 뒷날을 생각하고 싶지는 않아.
그러나 나는 페터와의 우정이 유지될 수 있도록
계속 노력할 거야.
마르고트 언니가 페터를 좋아하고, 필요하면 도와 주고 싶어
한다는 말도 페터에게 전해 줄게.

동생 안네

공포의 나날들

1944년 3월 27일 월요일

키티!

은신처 생활에서 우리들이 가장 관심을 가지게 되는 것은 역시 정치 문제야. 나는 이 문제에 별로 흥미가 없어서 그 동안 너에게 말하지 않았지만, 오늘은 정치 문제에 대해서만 이야기를 할까 해.

은신처 사람들의 정치적인 견해는 거의 비슷해. 연합군의 상륙 작전, 공습, 각국 지도자의 연설을 둘러싸고 끝없이 논쟁을 벌이는데 으레 '그런 일은 불가능해.' '지금 상륙 작전이 시작된다고 해서 당장 전쟁이 끝나는 것은 아니야!' '잘 될 거야!' 하는 외침이 들려. 모두들 하나같이 자기만 옳다고 생각해.

아무도 이러한 논쟁에 지치지 않아. 마치 누군가를 바늘로 찔러서 얼마만큼 뛰어오르는지 실험하는 것 같아. 정치 이야기에서 한 마디의 질문, 한 마디의 말은 곧 싸움의 불씨가 되는 거야.

이제는 독일군의 뉴스 발표나 영국의 BBC 방송만으로는 부족해서 '특별 공습 정보'까지 듣고 있어. 그래서 이른 아침부터 밤 9시, 10시, 때로는 11시까지도 라디오를 듣게 되지. 계속 똑같은 내용을 방송하는데도 말이야.

확실히 이것은 어른들이 대단한 인내력을 갖고 있다는 증거야. 우리들 같으면 하루 한두 번의 뉴스로 충분하니까! 하지만 이 멍청한 어른들은 식사 때나 잠잘 때말고는 언제나 라디오를 둘러싸고 토론을 하지.

일요일 밤 9시. 식탁에는 따끈한 차가 준비되고 모두가 차례로 입장하기 시작해. 뒤셀 씨는 라디오 왼쪽에, 판 단 아저씨는 라디오 앞에, 페터는 아저씨 옆에, 엄마는 아저씨 다른 쪽 옆에, 판 단 아주머니는 아저씨 뒤에, 아빠는 테이블을 향해서 앉고, 나와 언니는 그 옆에 자리를 잡지.

남자 어른들은 각기 파이프를 물고, 페터는 눈을 동그랗게 뜨고 듣지. 엄마는 길고 검은 실내복을 걸치고 아주머니는 비행기가 나는 소리가 들려 오자 떨고 있어.

아빠는 차를 마시고, 언니와 나는 다정하게 꼭 붙어 앉아 있

단다. 무쉬는 우리의 무릎에서 잠들어 있어.

어쨌든 모든 것이 기분 좋고 평화롭구나. 지금까지는 분명 그렇지만 나는 조마조마한 마음으로 그 뒤에 올 일을 기다리고 있단다.

그들은 연설이 끝나기를 기다리지 못하고 발을 구르며 토론을 시작하겠지. 논쟁이 하고 싶어서 좀이 쑤시는 모양이야. 그러다가 결국에는 서로의 감정을 자극해서 다투게 되는데도 말이야.

1944년 3월 29일 수요일

키티!

런던에서 보내는 네덜란드 어 뉴스 시간에 하원 의원 볼케슈타인 씨가 이 전쟁이 끝나면 전쟁 중에 쓰인 일기나 편지를 수집할 거라고 말했대.

모두 내 일기를 가져가려고 나서겠지? 생각해 보렴. 만일 내가 〈은신처의 로맨스〉라는 제목으로 책을 발표한다면 얼마나 재미있을까? 은신처라는 제목만으로 사람들은 탐정 소설이라고 여길지도 몰라.

전쟁이 끝나고 10년쯤 지나서, 우리 유대 인들이 이 곳에서 무엇을 먹고, 어떻게 지냈는지, 어떤 이야기들을 나누었는지 발표한다면, 사람들은 우리가 겪은 고통을 조금이나마 이해할 수 있을 거야.

너에게 퍽 많은 이야기를 해 왔지만 그래도 너는 우리 생활의 일부분밖에는 모를 거야. 공습이 계속되는 동안에 여자들이 얼마나 무서워하는지, 일요일에 350대의 영국군 비행기가 50톤이나 되는 폭탄을 떨어뜨렸을 때, 이 집이 얼마나 진동했는지, 현재 얼마나 많은 질병이 무서운 속도로 번지고 있는지……. 이런 이야기는 온종일 해도 다 못 할 거야.

　　요즘 바깥 인심은 무척 사나워. 도둑은 늘어나고 소매치기와 사기꾼들이 날뛰고 있어. 의사들은 왕진 다니는 것도 꺼려. 왜냐 하면 자동차를 잠시만 밖에 세워 놓아도 금세 누군가 훔쳐 가 버리기 때문이지.

　　10살 안팎의 어린 아이들이 도둑질을 하는 경우도 많대. 남의 집 창문을 때려 부수고 보이는 대로 훔쳐 달아난대. 거리의 시계는 이미 떼어 간 지 오래고, 공중 전화 역시 흔적도 없이 몽땅 훔쳐 가 버렸대.

　　인정 많던 네덜란드 사람들이 어쩌다 이렇게 변해 버린 걸까? 그렇다고 그 사람들 탓만 할 수는 없지. 우리가 지금 배급받고 있는 식량은 커피를 제외하곤 이틀도 견디지 못할 만큼적은 양이니까.

　　상륙 작전은 시작된다는 말뿐이고, 남자들은 닥치는 대로 독일로 끌려가고 있어. 노인과 어린이들은 대부분 병들었거나 영양 실조에 걸려 있어. 구두를 신은 사람은 찾아보기조차 힘들어.

1944년 4월 3일 월요일

키티!

지금까지는 한 번도 그런 적이 없지만 오늘만은 식량 문제에 관해 자세히 쓰려고 해.

식량 사정이 지독히 나빠져서 이 은신처뿐만 아니라 네덜란드 전체, 아니 유럽 전체에 중대한 문제가 되고 있어.

여기에 오고 나서 21개월 동안, 우리는 헤아릴 수 없을 정도로 많은 '식량 주기'를 경험해 왔어.

식량 주기란 어느 특정한 요리, 혹은 한 종류의 야채만 계속해서 먹게 되는 상태를 말해. 예전에 우리는 오랫동안 상추만 먹었던 적이 있었어. 그 때는 아침에도 저녁에도 모래 섞인 상추, 아무 요리도 하지 않은 상추, 데친 상추. 이렇게 상추만 먹었어. 그러다가 다음은 시금치, 오이, 토마토, 소금에 절인 양배추 등의 순서로 식량 주기가 계속되었어.

매일 세 끼마다 소금에 절인 양배추만 잔뜩 먹는다고 생각해 봐. 생각만 해도 질리지만 배가 고프니까 어쩔 수 없이 먹는 거야. 그러나 다른 사람들에 비하면 우린 편안한 생활을 하고 있는 편이야.

빵이 부족해서 대신 감자를 아침부터 저녁까지 먹고 있어. 수프는 콩으로 요리하는데 사실 여기에서 콩이 안 들어간 음식은 없어. 물론 빵에도 들어 있지.

저녁 식사에는 고기 대신 먹을 수 있는 무엇인가를 씌운 감자와 붉은 샐러드를 먹는단다. 그리고 경단 같은 것이 있는데 이것은 배급 받은 밀가루에 물과 이스트를 넣고 반죽하여 만든 거야. 이건 너무 딱딱해서, 먹으면 마치 돌을 삼킨 것처럼 차곡차곡 뱃속에 쌓이는 느낌이 들어.

매주 우리의 특별 메뉴는 절인 소시지 한 조각과 잼을 바른 말라빠진 빵이야.

그래도 우리는 아직 살아 있고, 이렇게 형편 없는 식사나마 거르지 않고 먹을 수 있으니 감사해야겠지?

1944년 4월 4일 화요일

키티!

나는 바보가 되지 않도록 이를 악물고 열심히 공부할 생각이야. 내 희망인 신문 기자가 되려면 지금부터라도 좋은 글을 많이 써야 해.

은신처에서 지내는 동안 정성껏 쓴 작품들이 벌써 여러 개 된단다. 〈이브의 꿈〉이라든가, 〈캐디의 일생〉은 내가 생각해도 퍽 잘 쓴 글 같아. 남이 볼 땐 어떨지 모르겠지만 말이야.

난 내 작품의 가장 엄격한 비평가라고 생각해. 어디가 잘 되고 어디가 어색한지 어느 정도는 판단할 수 있어. 글을 쓰지 않는 사람은 글을 쓰는 즐거움을 알지 못할 거야.

글을 쓰는 동안 만큼은 모든 것을 잊어버리게 돼. 슬픔은 사라지고 용기가 솟아나.

키티, 내가 정말 좋은 글을 쓸 수 있을까?

신문 기자나 작가가 될 수 있을까?

난 믿어! 열심히 노력하면 언젠가 반드시 그 꿈을 이루리라는 것을.

1944년 4월 6일 목요일

키티!

오늘은 내 취미에 대해 이야기해 줄게. 미리 말해 두겠는데 너무 놀라지 말기를!

나의 취미는 셀 수도 없을 정도로 너무나 많단다.

우선 첫째로 글 쓰는 일이야.

둘째는 계보를 조사하고 정리하는 일이야. 나는 이미 신문, 잡지 등에서 프랑스, 독일, 스페인, 영국, 오스트리아, 러시아, 노르웨이 등 각국 왕실의 혈통을 자세히 조사했어.

셋째는 역사 공부란다. 지금까지 아버지가 역사책을 많이 사 주셨지만 언젠가 공립 도서관에 가서 산더미같이 쌓인 책들을 모조리 읽어 볼 날이 오기를 고대하고 있어.

넷째는 그리스와 로마의 신화야. 이것에 관한 책도 많이 갖고 있단다.

그 밖에도 유명한 영화 배우나 가족들의 사진을 모으는 일도 빼놓을 수 없는 나의 취미 중 하나야. 난 미술사에도 관심이 있고, 시인이나 화가의 전기문을 읽는 것도 무척 좋아해.

1944년 4월 11일 화요일

키티!

일요일 저녁 9시 반 무렵이었어. 무심히 창 밖을 내다보았는데, 낯선 사람들이 창고 문을 부수고 있는 거야!

"어머! 저길 좀 봐요!"

도둑들이었어!

아빠, 뒤셀 씨, 판 단 아저씨, 페터. 이렇게 남자 넷은 아래층으로 내려가고, 엄마, 언니, 판 단 아주머니 그리고 나는 위층에서 달달 떨고만 있었어.

그 때 갑자기 꽝 하는 소리가 들리더니 다시 조용해졌어. 시

간은 9시 45분이었어. 얼마나 무서웠는지 몰라.

10시에 계단에서 발자국 소리가 들려 왔어. 아빠가 먼저 새 파랗게 질린 얼굴로 들어오셨어. 판 단 아저씨가 뒤따라 들어 오시며 다급히 말씀하셨어.

"불을 끄고 모두들 조용히 위층으로 빨리 올라가! 경찰이 올지도 모르니까!"

"무슨 일이에요?"

"쉿, 어서 불을 꺼!"

네 사람이 내려갔을 때, 도둑들은 땅굴을 파고 있었대.

"경찰이다!"

판 단 아저씨가 엉겁결에 외쳤더니, 도둑들이 허둥지둥 달아나더래.

네 사람이 부서진 문짝에 판자를 대고 있을 때, 앞을 지나가던 어떤 부부가 문틈으로 손전등을 비추며 두런대더래. 그야말로 도둑을 쫓으려다 도둑 취급을 당하게 될 순간이었지 뭐야. 네 사람은 서둘러 그 자리를 떠나 위로 올라왔어.

페터는 급히 부엌과 사무실 문과 창을 열어 젖히고, 전화를 방바닥에 떨어뜨려 정말 도둑이 들어와 어지럽힌 것처럼 해 놓고 은신처로 돌아왔어.

아아, 우리는 어떻게 되는 것일까?

10시 반, 11시……시간이 조심스럽게 흘러갔어.

드디어 11시 15분. 아래층에서 저벅거리는 발자국 소리가 들려 왔어.

저벅저벅! 발자국 소리는 타 들어가는 우리 가슴은 아랑곳없이 전용 사무실에서 부엌으로, 계단을 올라와 바로 비밀 문 앞까지 다가왔어.

덜거덕덜거덕, 비밀 문 건드리는 소리! 그 순간의 기분을 어떻게 설명해야 할까? 줄줄이 밧줄에 묶여 게슈타포에게 끌려가는 우리들의 비참한 모습이 떠올랐어. 오오, 하나님!

비밀 문 건드리는 소리가 두 번 들리더니, 저벅저벅 발소리가 멀어져 갔어.

우린 이빨이 딱딱 마주칠 정도로 와들와들 떨고 있었어. 그

런데 사람은 어째서 심한 공포를 느끼는 순간에 화장실에 가고 싶어지는 걸까?

화장실 물 내려가는 소리가 나면 안 되기 때문에 페터의 휴지통을 임시 변기로 사용했어. 맨 먼저 판 단 아저씨, 다음은 아빠, 엄마가 부끄러워했기 때문에 아빠가 휴지통을 여자들 방으로 가져다 주었어. 휴지통에서는 고약한 냄새가 났어.

"경찰이 다시 나타나기 전에 라디오를 부숴 버려야 해."

판 단 아주머니가 떨리는 목소리로 말했어.

"난로에 넣어야 해. 그놈들이 라디오를 찾아 내려 할 거야."

"그럼 안네의 일기도 찾아 내려 하겠군."

아빠의 말이 끝나기가 무섭게 누군가 외쳤어.

"그것도 태워 버려요!"

순간, 내 피가 거꾸로 솟는 듯했어.

"안 돼! 내 일기장만은 태울 수 없어. 내 일기장을 태우는 날엔 나도 죽어 버릴 테야!"

한참 뒤, 나는 마음을 가라앉히고 떨고 있는 판 단 아주머니에게 말했어.

"아주머니, 우린 싸움터의 군인과 똑같아야 해요. 이제 끝장이다 싶을 때는 영국에서 네덜란드에 보내는 뉴스 시간에 늘 말하듯이, '여왕과 국가와 자유와 진리와 정의를 위해서' 함께 죽도록 해요. 그런데 단 한 가지 마음에 걸리는 게 있어요. 이제까지 우리를 도와 주신 다른 분들께 폐가 되는

일, 전 그것이 제일 걱정이에요."

두려움, 나쁜 냄새, 소곤대는 소리, 휴지통에 떨어지는 오줌 소리……. 새벽 7시가 되자 어른들은 코프하이스 씨에게 전화해서 누군가를 보내 달라고 부탁했어.

하지만 혹시라도 사무실이나 창고에 경찰이 밤새 숨어 있다가 우리의 전화 소리를 듣는다면, 위험은 더 커지겠지.

전화를 걸지 않을 수도 없었기 때문에 우린 아주 간단하게 메모를 남겼어.

도둑 침입, 사무실 캐비닛 안의 타자기와 계산기는 무사함.
헹크 씨에게 알려서 엘리의 열쇠를 가지고 고양이에게
먹이를 주러 오는 척하면서 사무실 안을 엿보아 주기 바람.

얼마 뒤, 쿵쿵쿵 하고 발소리가 들려 왔어.

"헹크 아저씨다!"

"아냐, 경찰이야!"

"쉿! 조용!"

의자에 덜컥 쓰러지는 판 단 아주머니! 그 얼굴은 마치 백지장처럼 창백했어.

다행히 그 발소리의 주인공은 헹크 아저씨와 미프 아주머니였어. 휘파람을 불며 헹크 아저씨와 미프 아주머니가 들어왔을 때, 우리는 두 사람을 눈물과 환성으로 맞이했어.

헹크 아저씨는 문에 뚫린 구멍을 판자로 막아 놓고 경찰서에 신고하러 갔어. 그 동안에 우리는 부랴부랴 세수를 하고, 변기를 치우고, 커피를 끓였지.

모든 일이 정리된 뒤 우린 크라렐 씨한테 주의가 부족했다는 야단을 맞았어. 헹크 아저씨도 그런 경우에는 아래로 뛰어 내려가면 절대 안 된다고 말했어.

맞아. 우리 유대 인은 지금 쇠사슬에 묶여 있는 거야. 자기 감정을 밖으로 드러내서는 안 되지. 꾹 참고 슬기롭게 견뎌 내야만 해.

이 무서운 전쟁도 언젠가는 끝나게 되겠지. 전쟁이 끝나면 나는 무엇보다도 먼저 네덜란드 국적을 갖겠어. 네덜란드와 네덜란드 국민을 사랑하거든. 네덜란드의 국적을 얻기 위해 여왕님께 직접 편지를 보낼 각오도 되어 있어.

불타는 정의감과 용기가 있는 한, 나는 어떤 어려움도 참고 이겨 낼 거야.

되살아나는 희망

1944년 4월 16일 일요일

키티!

이 날짜를 꼭 기억해 줘.

내 생애에서 아주 중요한 날이거든! 누구든 첫 입맞춤을 한 날은 평생 잊지 못할 거야.

어제 8시에 페터와 긴 의자에 앉아 있었어. 그러자 페터가 내 어깨에 팔을 두르더니 살며시 기대면서 말했어.

"우리 좀더 가까이 기대어 앉는 게 어때?"

나는 페터에게 안긴 것처럼 되고 말았어.

내가 놀라 몸을 일으키려 하자, 페터는 얼른 내 머리를 두 손으로 껴안아 자기 가슴으로 끌어당겼어.

그러고는 떨리는 손가락으로 내 머리카락을 쓰다듬는 거야.

키티, 난 꿈을 꾸는 것 같았어.

페터는 조금 부끄러워하면서 내 뺨과 팔을 어루만졌어.

나는 8시 반에 긴 의자에서 일어났어. 그리고 우린 나란히 섰어.

계단을 내려가려 할 때, 페터가 나의 왼쪽 뺨에 입맞춤했어. 난 뒤도 돌아보지 않고 정신 없이 아래로 뛰어내려왔어.

아, 얼마나 황홀한 순간이었는지……!

1944년 4월 18일 화요일

키티!

아빠가 그러시는데, 5월 20일 이전에 러시아와 이탈리아 그리고 서부 전선에서 대공격이 있게 될 거래.

우리는 언제쯤 이 곳에서 나가 자유롭게 지낼 수 있을까?

어제, 나는 페터와 그 동안에 하지 못했던 이야기들을 마음껏 나눴어. 헤어질 때 페터는 내게 입맞춰 주었어. 나는 가슴이 두근거렸어. 우리는 앞으로 일기장도 서로 교환해서 읽어 보기로 했단다.

1944년 5월 2일 화요일

키티!

지난 토요일 저녁, 나는 페터와 나와의 관계를 아빠한테 말씀드리는 것에 대해 한참이나 고민했어.

페터는 조금 생각하고 나서 말씀드리자고 했어. 나는 페터의 그런 대답이 마음에 들었어.

나는 아빠와 아래층에서 물을 떠 오다가 계단에 앉아 잠시 쉴 때 물어 보았어.

"아빠, 제가 페터와 같이 있을 땐 서로 꼭 붙어 앉는데, 그건 나쁜 건가요?"

아빠는 잠시 생각에 잠기시더니 이내 말씀하셨어.

"나쁘진 않다만 이렇게 좁은 장소에서는 특별히 조심해야 한단다."

다음 날 아침, 아빠는 나를 다시 불러 말씀하셨어.

"안네, 아빤 네가 어제 물었던 말을 다시 생각해 보았다."

"……."

"꼭 붙어 앉아 있는 건

좋지 않단다. 특히 이 집에선 말이다. 아빠 너희 둘이 그냥 정다운 친구려니 했는데, 서로 사랑하는 사이라도 되었다는 말이냐?"

"아니에요, 그건!"

"그렇다면 더 이상 페터와 단둘이 있지 않도록 주의해라. 둘이서만 다락방에 자주 있는 건 바람직하지 못하다. 여긴 지극히 제한된 장소가 아니냐? 자유로운 환경과는 다르단 다. 보렴. 온종일 같이 있고, 얼굴을 맞대고 있게 되잖니? 그러니까 더 조심해야 되는 거다."

아빠는 말씀하셨어.

"하지만 페터는 점잖은 아이예요."

"그건 아빠도 알아. 하지만 페터는 마음이 여리기 때문에 좋은 일에도 나쁜 일에도 쉽게 빠져들 염려가 있어. 아빠는 페터의 그런 착한 마음이 상처 입지 않고 오래 지켜지기를 바라는 마음이란다."

나는 페터에게 아빠의 말씀을 전했어. 페터는 그 이야기를 듣자마자 이렇게 대답했어.

"안네, 아빠의 말씀이 옳아!"

페터 말대로 아빠 말씀은 옳아. 하지만 나는 앞으로도 페터를 자주 만날 거야. 함께 있고 싶기 때문이기도 하고, 우리가 서로 믿는다는 것을 아빠께 보여 드리고 싶어서란다.

1944년 5월 19일 금요일

키티!

어제는 웬일인지 기분도 나쁘고 평상시처럼 힘이 나지 않았어. 아주 드문 일이야. 배도 아프고 모든 것이 엉망이었어. 오늘은 괜찮아졌으니까 너무 걱정하지 마.

페터와 나는 잘 되어 가고 있어. 가엾게도 그는 나 이상으로 애정을 필요로 하고 있어. 매일 밤 작별 키스를 할 때마다 페터는 얼굴을 붉히면서 한 번만 더 해 달라고 조른단다.

내가 없어진 무쉬 대신인가 뭐? 하지만 그런 건 아무래도 좋아. 지금 페터는 자신을 사랑하는 나 때문에 참으로 행복해하고 있단다.

나도 긴 고민 끝에 이제는 어느 정도 마음의 안정을 얻게 되었어. 그렇다고 페터에 대한 사랑이 식은 건 아니지만, 예전보다는 훨씬 덜 좋아하게 된 건 사실이야. 그가 내 마음을 다시 차지하려면 예전보다 더 큰 노력을 해야 할 거야.

안네의 일기

더해 가는 불안

1944년 5월 22일 월요일

키티!

그저께 아빠는 판 단 아주머니와 한 내기에 져서 요구르트 다섯 병을 잃으셨어. 아직 상륙 작전이 시작되지 않고 있기 때문이야.

암스테르담의 모든 시민과 네덜란드의 모든 국민, 아니 남쪽으로 스페인(에스파냐)에 이르는 서부 유럽의 모든 사람들까지, 연합군의 상륙 작전이 언제 일어날까 논쟁하며 내기하면서 희망을 이어 가고 있어.

날이 갈수록 긴장된 분위기는 더해만 가고 있어. 우리들처럼 모든 네덜란드 인이 영국인을 믿고 있는 것은 아니란다. 상

류 작전을 둘러싸고 영국이 줄곧 큰소리를 치는 것이 일종의 교묘한 전략이라고 여기는 사람도 있어.

그래, 다만 사람들은 뭔가 위대하고 영웅적인 행동을 기대하고 있는 거야. 누구나 눈앞의 일밖에 생각할 줄 몰라. 영국이 자기 나라의 이익을 위해 싸운다는 건 생각지 않고, 모두가 될 수 있는 한 빨리 네덜란드를 구하는 것이 영국의 의무라고 여기고 있어.

하지만 도대체 영국이 우리에게 무슨 의무가 있겠니? 네덜란드는 공공연히 세계 각국이 도와 주기를 기대하고 있는데 과연 그럴 만한 자격이 있을까? 나는 그렇지 않다고 생각해. 네덜란드는 큰 잘못을 저지르고 있는 거야. 영국이 우리에게 사과할 필요는 없어.

사람들은 독일이 전쟁 준비에 열중하고 있는 동안, 독일을 미리 막지 못했다고 영국을 비난하지만 다른 모든 나라도 역시 마찬가지야. 독일을 막지 못한 책임은 모든 나라가 똑같이 져야 한다고 생각해.

어떤 나라도 자기 국민을 헛되이 희생시킬 수는 없을 거야. 더군다나 다른 나라의 이익을 위해서 그럴 수는 없어.

영국도 마찬가지야. 상륙 작전은 언젠가 이루어지고 그에 따라 해방과 자유도 오겠지만 그 시기를 결정하는 것은 영국과 미국이지, 네덜란드가 아니야.

또 하나, 우리들이 듣고서 몹시 놀라고 무척 유감스럽게 생각한 소식이 있어. 많은 사람들이 우리 유대 인에 대한 태도를 바꾸었다는 사실이야. 지금까지는 그런 일을 생각조차 않던 사람들에게까지 반유대주의(인종, 종교적인 이유에서 유대 인을 미워하고 없애려고 하는 사상)가 널리 퍼지고 있다고 해.

이 소식은 다른 어떤 소식보다 우리를 더 깊은 절망 속으로 밀어넣었어. 사람들이 유대 인을 미워하는 이유를 이해할 수도 있지만 그런 행동은 결코 올바른 일이 아니라고 생각해. 사람들은 유대 인이 독일에 비밀을 팔아 넘기고, 도와 주는 사람을 배반했기 때문에 많은 사람들이 희생당했다 비난하고 있어.

그 비난은 모두 사실이야. 하지만 만약 그 사람들이 우리들과 같은 입장이었다면 다른 행동을 할 수 있었을까? 독일군은 억지로 비밀을 자백시키는 방법을 알고 있어.

유대 인이든 기독교인이든 독일군에게 잡혀서 온갖 고문을 당한다면 언제까지나 입을 열지 않을 수 있을까? 그것이 사실상 불가능하다는 것을 누구나 알고 있어. 그렇다면 어째서 그 무리한 일을 유대 인에게만 요구하는 것일까?

이런 얘기를 들으면 도대체 우리들은 무엇 때문에 이렇게 길고 고통스러운 전쟁을 겪고 있는지 모르겠다는 생각이 들어. 언제나 들리는 말은 우리가 자유와 진실과 정의를 위해 싸우고 있다는 훌륭한 것이었는데…….

솔직히 말해서 난 도저히 이해할 수 없어. 그렇게도 착하고 정직한 네덜란드 인들이 왜 갑자기 세계에서 가장 불행한 처지에 있는 우리 민족을 그런 눈으로 보게 되었는지…….

지금은 다만 유대 인을 미워하는 마음이 일시적이기만을 기도할 뿐이야. 왜냐 하면 반유대주의는 정의에 어긋나는 일이니까!

만일 무서운 걱정이 사실로 된다면 그 때는 우리도 역시 짐을 꾸려 이 아름다운 나라, 일찍이 우리를 따뜻하게 맞이하였으나 이제는 등을 돌리는 네덜란드를 떠나야만 하겠지.

나는 네덜란드를 사랑해. 조국을 갖지 못한 유대 인 안네는 네덜란드가 조국이 되어 주길 희망해 왔고, 지금도 그것을 바라고 있어.

1944년 5월 25일 목요일

키티!

날마다 새로운 일이 생기고 있어. 오늘 아침, 우리에게 채소를 배달하던 사람이 두 명의 유대 인을 숨겨 준 죄로 체포되었어. 우리에겐 너무나 큰 충격이었어. 불쌍한 운명에 처한 유대 인뿐만 아니라 야채 장수에게도 비참한 일이야.

세상은 온통 뒤죽박죽이야. 존경을 받던 사람들이 강제 수용소나 감옥으로 보내지고 남아 있는 찌꺼기 인간들이 국민을 지배하고 있어. 내일 당장 자기가 어떻게 될지 아는 사람은 아무도 없어.

채소 장수가 체포된 것은 당장 우리 생활에 큰 타격이야. 미

프 아주머니나 엘리 언니만으로 감자를 배급받아 여기까지 운
반해 올 수 없으니 식사량을 줄일 수밖에 없어.

　엄마는 아침 식사를 완전히 없애고 점심에는 죽과 빵을 먹
고, 저녁에는 감자 튀김, 1주일에 한두 번 상추나 그 밖의 다
른 채소를 먹자고 하셔.

　분명 배는 고프겠지만 발각되어 붙잡히는 것보다는 낫겠지!

1944년 5월 26일 금요일

키티!

　이제 겨우 창문 앞
탁자에 앉아 차분히
모든 것을 이야기할
수 있게 되었어.

　근래 몇 달 동안은
이렇지 않았었는데
지금 나는 몹시 비참
한 기분이야. 나는
지금 결코 하나로 합
쳐질 수 없는 두 가
지 상황 속에서 흔들
리고 있어.

　한편으로는 채소

장수의 체포, 유대 인 문제, 상륙 작전의 늦어짐, 식량 사정의 악화, 정신적인 피로, 이 곳의 비참한 분위기, 페터에 대한 실망 등이 있고, 다른 한편으로는 엘리 언니의 약혼, 크라렐 씨의 생일, 멋진 케이크, 영화나 음악회 얘기 등이 있어. 이 두 상황의 엄청난 차이는 결코 좁혀질 수 없어.

어떤 때는 웃고 떠들다가도 다음 순간엔 불안, 공포, 긴장, 절망에 휩싸이게 되는구나.

미프 아주머니와 크라렐 씨는 숨어 있는 우리 여덟 명을 돌보는 무거운 짐을 지고 있어. 미프 아주머니는 할 수 있는 모든 일을 다하고 있고, 크라렐 씨는 책임자로서의 중압감 때문에 신경 과민과 극도의 피로감에 시달리고 있어.

코프하이스 씨와 엘리 언니도 역시 우리를 돌보아 주지만 그래도 그들은 때때로 우리를 잊을 때도 있어. 그들 자신의 문제 때문이야. 코프하이스 씨는 건강을 염려하고 엘리 언니는 탐탁지 않은 약혼을 걱정하고 있어.

하지만 그들은 외출을 하거나 친구를 방문하면서 긴장과 불안을 조금이나마 없앨 수 있겠지만 우리는 그렇지 못해. 우리가 이 곳에 온 지 2년이나 지났는데 앞으로 얼마나 더 이 무서운 압박을 견뎌 낼 수 있을까.

하수관이 막혀서 물을 흘려 보낼 수 없어. 화장실에 가면 오물은 준비된 항아리에 넣어야 해. 하루 정도는 어떻게 견뎌 보겠지만 만일 수리가 안 되면 어떻게 하지? 시 청소과에서는 화요일까지 오지 않거든.

미프 아주머니가 인형 모양의 케이크를 보내 왔어. 그 속에 든 카드에는 '성령 강림절을 축하해요.' 라고 적혀 있었어.

어쩐지 조롱을 당하는 느낌이야. 지금 우리의 심리 상태나 불안감은 축하라는 말과는 거리가 멀거든. 야채 장수가 체포된 일로 인해 모두들 신경 과민이 되어 여기저기서 '쉿! 쉿!' 소리만 하고 있단다.

경찰관이 문을 힘껏 열어 젖히고 들어온다면 언젠가 우리도……. 아니, 그런 생각을 해서는 안 되지. 하지만 오늘은 아무래도 그 생각을 떨쳐 버릴 수가 없어. 그뿐 아니라 지금까지의 모든 공포가 되살아나서 나를 위협하고 있어.

오늘 밤 8시에 나는 혼자서 화장실에 갔었어.

다른 사람들은 라디오를 듣고 있었기 때문에 아래층에는 아무도 없었어.

용기를 내려고 해도 그럴수록 점점 더 무서워질 뿐이었어.

나는 아래층의 크고 조용한 방에 있기보다는 좁아도 위층에 있는 편이 훨씬 안심이 될 것 같았어.

아래층에 있으면 위에서 들려 오는 분명하지 않은 소리나 길거리의 자동차 소리 때문에 가슴이 덜컥 내려앉곤 해. 생각할수록 온몸이 떨려 와서 급히 뛰어올라왔어.

우리는 은신처 생활을 하지 않았던 편이 낫지 않았을까? 그러면 지금쯤 죽어서 이런 비참한 일을 당하지 않고, 또 우리를 보호하려 애쓰는 사람들을 위험에 처하게 만들지도 않았을 텐데 하고 종종 생각하곤 해. 하지만 곧 잊어버리지. 아직은 인생을 사랑하고 자연의 아름다움을 잊지 않고 있으면서 희망을 품고 있기 때문이야.

차라리 무슨 일이라도 일어났으면 좋겠어. 숨막히게 긴장된 이런 상태만큼 기분을 울적하게 하는 일도 없으니까. 제발 이런 상태가 끝나 주었으면! 비록 괴로운 종말이라도 좋겠어. 그러면 적어도 우리의 운명이 어떻게 될 것인지는 알 수 있을 테니까.

안네의 일기

행복해지기
위해서

1944년 6월 6일 화요일

키티!

드디어 연합군의 상륙 작전이 시작되었어!

영국은 오늘 아침 8시에 이 뉴스를 발표했어. 불로뉴, 르 아브르, 셰르부르, 칼레 일대가 맹렬한 공격을 받고 있어. 점령지에 살고 있는 사람들의 안전을 위해, 해안에서 35킬로미터 이내에 살고 있는 사람들은 모두 피난하라는 경고가 내려졌어. 영국군은 가능하면 포격 시작 1시간 전에 경고 내용이 적힌 종이를 뿌린다고 해.

독일군 측 뉴스에서는 영국의 낙하산 부대가 프랑스 해안에 투하되었다고 하고, BBC 방송에서는 영국의 상륙용 배가 독일 해군과 전투 중이라고 해.

9시, 아침 식사 때에 우리는 상륙 작전에 대해서 이야기를 나누었어. 이번 역시 시험적인 작전으로 끝나게 될까?

10시에 영국 방송은 독일어, 네덜란드 어, 프랑스 어, 그 밖의 외국어로 '상륙 작전이 시작되었다!'고 발표했어. 11시에는 다시 연합군의 최고 사령관 아이젠하워 장군의 연설이 있었어.

은신처는 지금 흥분의 도가니란다.

모두가 기다리고 기다리던 해방이 정말로 찾아오는 것일까? 올해 안으로 과연 우리가 이기게 될까?

아직은 알 수 없지만, 다시 희망은 우리를 찾아왔어. 그리고 이 희망은 우리에게 새로운 용기를 주었어.

1944년 6월 9일 금요일

키티!

굉장한 뉴스가 있어.

연합군은 프랑스 해안의 작은 마을을 점령하고 카엔을 공격하고 있어. 연합군의 의도는 셰르부르가 있는 반도를 차단하려는 것이 분명해.

매일 밤 종군 기자(군대를 따라 싸움터에 나가 전투 상황을 보도하는 기자)들이 뉴스를 보내서 힘든 상황을 이기고 있는 연합군의 용기와 높은 사기 등에 대해 알려 준단다.

　이렇게 생생한 뉴스를 손에 넣으려면 엄청난 노력이 뒤따르겠지. 때때로 부상을 당해 영국으로 돌아가는 병사들이 마이크 앞에 서기도 한단다. 지독한 날씨에도 공군은 활약이 아주 대단해.

　BBC 방송에 따르면 처칠 수상은 D데이에 병사들과 함께 상륙 작전에 참가하려 했으나 아이젠하워와 다른 장군들이 설득하여 겨우 그만두었다고 해. 생각해 보렴. 얼마나 용기있는 노인인지. 적어도 70세는 될 텐데 말이야.

　은신처 사람들의 흥분은 좀 가라앉았어. 하지만 금년 말까지는 전쟁이 끝날 거라고 기대하고 있어. 더 일찍 끝나면 좋을 텐데!

판 단 아주머니가 투덜대는 것은 정말 참기 힘들단다. 상륙 작전에 대해서는 아무 말도 못 하지만 그 대신 온종일 날씨만 탓하고 있어.

1944년 6월 13일 화요일
키티!

나는 드디어 열다섯 살이 되었어. 모두에게서 많은 선물을 받았어.

아빠와 엄마는 다섯 권짜리인 슈프링거의 〈미술사〉와 속옷 한 벌, 손수건 한 장, 요구르트 두 병, 잼 한 통, 케이크, 식물 학책 한 권을 사 주셨어. 그리고 언니는 팔찌를 주었어. 판 단 아저씨와 아주머니는 책 한 권을, 뒤셀 씨는 꽃을, 미프 아주 머니와 엘리 언니는 과자와 연습장을 선물해 주었어. 가장 근

사한 선물은 크라렐 씨로부터 받은 〈마리아 테레사〉라는 책과 치즈 세 조각이야.

페터에게는 멋진 모란 꽃다발을 받았어. 페터는 뭔가 좋은 선물을 찾으려고 애썼던 모양이지만 잘 되지 않았나 봐.

폭풍우가 몰아치고 있지만, 상륙 작전은 계획대로 진행되고 있어.

어제 처칠, 스미스, 아이젠하워, 아널드가 해방된 프랑스 마을을 방문했어. 처칠이 타고 있던 배는 위험을 무릅쓰고 해안에 공격을 퍼부었어.

처칠은 두려움을 모르는 사람 같아. 정말이지 너무 존경스러워!

두 달 이상이나 생리가 없었는데 토요일에 다시 시작되었어. 귀찮고 불쾌하긴 했지만 역시 반가운 일인 것 같아.

1944년 6월 15일 목요일

키티!

요즘엔 자연의 모든 것이 무척 그리워. 오랫동안 밖에 나가 보지 못했기 때문일 거야.

푸른 하늘에서 지저귀는 새소리에도, 아름다운 달빛과 꽃에도 아무런 매력을 느끼지 못하던 때가 있었는데, 여기에 온 후로는 완전히 달라졌단다.

지독히 더웠던 지난 성령 강림절에 난 달빛을 감상하기 위

해 밤
11시 30분까지
자지 않고 기다렸어.
그런데 그 노력이 모두 헛
수고가 되고 말았어. 달빛이 너
무나 밝아서 창문을 여는 것이 위
험했기 때문이야.
몇 달 전에는 비바람이 세차게 불고 구
름이 조각조각 흩어지는 어두운 밤 거리의
풍경이 날 완전히 사로잡았단다.
이 곳에 오고 나서 1년 반 만에 처음으로
밤 하늘을 바라본 거였거든.
그 날 이후로 다시 한 번 그런 밤 하늘을 보고
싶다는 간절한 소망이 지워지지 않았어. 그래서
나는 몇 번이고 계단을 내려가 부엌이나 전용 사무
실의 창가를 서성이곤 했단다.
모든 사람들이 별다른 제한 없이 즐길 수 있는 자
연과 우리만큼 완벽하게 동떨어져 있는 사람들도 아

마 없을
거야.
　나는 하늘과 구름,
달과 별을 바라보면 마음
이 고요해지고 평온해진단
다. 이것은 어떤 진정제보다 효
과적이야. 엄마 같은 자연은 나를
겸손하게 하고 때때로 용기를 갖게
한단다.
　슬프게도 나는 그런 자연을 창문에 드
리워진 더러운 커튼 너머로밖에 볼 수가
없어. 이제 이런 것을 통해서 보는 건 질
렸어.
　난 순수한 자연을 직접 보고 싶어!

1944년 6월 27일 화요일
키티!
전투 상황이 아주 좋아지고 있어. 여기저기에서

연합군이 승리를 거두고 있단다.

셰르부르, 비데부스크, 슬로벤에서 승리를 거두어 항구를 장악했기 때문에 영국군은 어디에나 상륙할 수 있게 되었어. 상륙 작전이 시작된 지 불과 3주 만에 코탕탱 반도를 완전 제압하다니 굉장한 소식이야.

D데이 이후 여기나 프랑스는 나쁜 날씨가 계속되었는데도 영국군과 미군은 그 정도의 일로 주춤하지 않았어. 분명 독일군의 비밀 병기도 활약을 하고 있겠지만 그 성과는 영국군에게 약간의 손실을 입힌 것뿐이야.

독일측 신문은 이 내용을 과장해서 보도하고 있단다. 만약 소련군이 다가오고 있다는 것을 알게 되면 분명히 놀라겠지.

네덜란드 국가 사회주의당 당수 뭇세르트는 만일 연합군이 이 곳까지 오게 되면 자신도 군복을 입겠다고 발표했어.

키티, 뚱보 영감이 정말 싸우겠다는 걸까?

1944년 7월 6일 목요일

키티!

페터가 요즘 자기는 범죄자가 될지도 모른다느니, 목숨을 걸고 위험한 모험을 하게 될지도 모른다느니 하는 말을 해.

페터가 그럴 때마다 나는 불안해서 가슴이 죄어드는 것 같아. 물론 농담 삼아 말하는 것이겠지만 페터가 자신의 성격이 연약한 것을 겁내고 있다는 느낌이 들어. 페터만이 아니라 언니도 종종 이런 말을 하곤 해.

"만일 너처럼 강하고 용기가 있다면……. 어떤 때라도 자기가 원하는 것을 해낼 수 있다면……. 너처럼 강한 의지를 갖는다면……."

다른 사람의 영향을 받지 않는다는 것이 정말 좋은 성격일까? 언제나 자신의 생각만을 따른다는 것은 과연 좋은 일일까?

자신이 약한 성격이라고 생각하면서 아무 노력도 하지 않고 가만히 있는다면 무슨 소용이 있을까? 나로서는 상상도 할 수 없어. 자신의 성격이 나약하다는 것을 알고 있다면 왜 그것과 싸우지 않는 거지? 어째서 그런 성격을 바꾸기 위해 노력하지 않는 거야?

대답은 간단했어. 이대로 있는 것이 훨씬 편하니까! 난 정말 실망했지. 편해서라고? 그럼 게으르고 거짓으로 가득 찬 생활이 편한 삶일까? 그런 일은 있을 수 없어. 그래서도 안 되고. 그렇지 않아도 인간은 유혹당하기 쉬운데……. 편안함과 즐거움, 돈 등에.

나는 오랫동안 페터에게 어떻게 대답해야 할까 곰곰이 생각해 보았어. 그가 자신감을 갖게 하려면, 자신을 발전시키려는 의욕을 갖게 하려면 어떻게 해야 할까? 하지만 내 생각이 옳은 것인지는 나도 잘 모르겠어.

종종 누군가 나를 완전히 믿어 준다면 얼마나 멋진 일일까

생각하곤 해. 하지만 지금은 다른 사람이 생각하는 것을 살펴 함께 고민해 주고 올바른 해답을 발견하도록 도와 주는 것이 얼마나 어려운 일인지 깨닫고 있어.

페터는 좀 지나치게 나에게 기대는 편인데 어떤 경우에도 그런 태도는 바람직하지 못해. 페터 같은 사람은 자신의 힘으로 일어나는 건 어려울 것 같아.

남에게 기대면 여러 가지 문제에 부딪혀도 올바른 길을 찾을 수 없어. 더구나 자기의 의지를 지키며 꿋꿋이 살아갈 수도 없을 거야. 중요한 것은 늘 스스로 생각하고 깨어 있으려고 노력해야 한다는 사실이야.

내가 어떻게 설명해야 편하고 쉽게 보이는 것일수록 그를 깊은 수렁에 빠지게 할 뿐이라는 것을 페터가 깨달을 수 있을까? 일단 그 깊은 곳에 빠지면 아무것도 찾을 수 없고 끝내 도저히 헤어나지 못한다는 것을 어떻게 이해시킬까?

우리는 모두 살고 있어. 하지만 왜, 무엇 때문에 살고 있는지 그것은 알 수 없어. 누구나 행복해지고 싶어해. 사는 방식은 각자 달라도 결국 목적은 모두 같아.

나와 언니, 페터는 좋은 환경에서 자라 왔어. 배울 기회가 있고, 뭔가를 이룩할 가능성이 있고, 행복을 기대할 여러 가지 조건도 있었어. 하지만 결국 행복은 자신들의 힘으로 얻어야만 해.

그것은 결코 쉬운 일이 아니야. 행복을 얻으려면 성실하고 올바르게 행동하고, 게으르거나 즐거움에만 빠져서는 안 될 거야. 편안한 것은 언뜻 보기에 매력적으로 보이지만 일하는 것이야말로 진정한 만족을 가져다 준단다.

일을 싫어하는 사람의 기분을 난 이해할 수 없어. 페터가 그렇다는 것은 아니야. 다만 페터는 확실한 목표가 없고 또 스스로 못나서 아무것도 이룰 수 없다고 생각할 뿐이란다.

가엾게도 그는 남을 행복하게 해 주는 것이 얼마나 기분 좋은 일인지 모르나 봐. 나도 그것을 가르쳐 줄 수는 없어. 그는 신앙도 갖지 않고, 예수 그리스도를 경멸하며 신의 이름을 빌려 욕을 해. 나도 진실한 신앙인은 아니지만

그가 외로워하고 스스로를 미워하는 것을 보면 가슴이 무엇에 찔리는 듯한 느낌이 들어.

신앙을 가진 사람은 기뻐해야 해. 모든 사람에게 다 숭고한 신앙이 주어진 것은 아니니까. 죽은 뒤에 벌을 받을지 두려워할 필요는 없어. 신앙은 그 사람으로 하여금 바른 길을 걷게 한단다. 그것은 신을 두려워해서 하는 것이 아니라 자신의 명예와 양심을 지키는 일이야.

매일 밤, 잠들기 전에 그 날의 일을 생각하고 무엇이 옳고 그른가를 반성해 본다면 얼마나 의미 있는 일일까? 그렇게 하면 자기도 모르는 사이에 다음 날 아침에는 뭔가 자신을 발전시키기 위한 노력을 하게 마련이야. 그렇게 노력하는 가운데 틀림없이 많은 것을 얻게 될 거야. 이것은 누구나 할 수 있는 일이야. 아직 이것을 모르는 사람은 경험을 통해 스스로 배우고 발견해야 할 거야.

키티, 맑은 양심은 사람을 강하게 만들어 준단다!

안네의 일기

또 하나의 안네

1944년 7월 15일 토요일

키티!

〈현대의 젊은 여성들은 어떻게 생각하는가〉라는 매우 흥미로운 제목의 책을 미프 아주머니가 도서관에서 빌려 왔어. 오늘은 이 책에 대해서 이야기를 할까 해.

이 책의 작가는 오늘날의 젊은이를 철저하게 비판하지만 아무것도 할 수 없다고 몰아붙이지도 않아. 오히려 젊은이들이 원하기만 하면 보다 아름답고 훌륭한 세계를 창조할 힘을 갖고 있는데도 참된 아름다움에는 관심이 없고 쓸데없는 일에만 마음을 쏟는다고 비판하고 있어.

이 책을 읽는 동안에 나는 왠지 지은이가 나를 비판하는 듯

한 느낌이 들었어. 그래서 지금부터 너에게만 안네, 바로 내 자신을 숨김없이 보여 주려고 해.

내 성격에는 한 가지 두드러진 특징이 있어. 조금이라도 나를 아는 사람이라면 분명 그 점을 알고 있을 거야.

나는 나 자신을 아주 잘 알고 있을 뿐만 아니라 내 행동을 마치 다른 사람이 보고 있는 것처럼 지켜 볼 수 있어. 나는 아무런 편견 없이 자신을 대하고, 또 무엇이 옳고 그른가를 알아차릴 수 있어.

이 '자의식'은 끊임없이 나를 따라다니면서 내가 말을 하면 곧 '다른 말로 할 것을.' 또는 '아니, 그건 옳았어.' 하고 생각해. 나 자신을 비난할 일이 너무나 많아서 일일이 셀 수 없을 정도야.

"아이들은 모두 자신을 스스로 교육해야 한다."

언젠가 아빠께서 하신 말씀이야. 이젠 그 말이 무슨 뜻인지 알 수 있을 것 같아.

부모는 단지 자녀에게 충고를 해 주면서 옳은 길로 가도록 이끌어 줄 뿐이고 모든 것을 결정하는 것은 바로 자신이라는 거야.

나는 용기가 있어. 나는 언제나 강하고 무슨 일이나 견딜 수 있다고 생각해. 앞으로는 모든 사람이 휩쓸리는 어려움에도 쉽사리 굴복하지 않으리라 확신해.

이번에는 아빠 엄마가 나를 잘 이해해 주지 못하는 문제를

애기할까 해. 부모님은 지금까지 나를 더할 나위 없이 사랑해
주시고 부모로서 할 수 있는 모든 것을 해 주셨어.

 하지만 그럼에도 불구하고 나는 오랫동안 고독에 시달리면
서 늘 버려지고 무시당하는 느낌을 받아 왔어. 아빠는 나의 반
항심을 누르려고 많은 노력을 하셨지만 효과는 없었어. 나는
내 자신의 눈으로 잘못된 점을 찾아 스스로 그것을 고쳐 왔어.

 어째서 아빠는 내가 고민하고 있을 때, 마음의 기둥이 되어
주지 못했을까? 왜 막상 아빠가 나를 도와 주려고 했을 때는
언제나 내 생각과 달랐을까?

 그것은 아빠의 방법이 틀렸기 때문이야. 아빠는 언제나 나
를 까다로운 성격을 가진 애로만 대해 주셨어. 하지만 그래도
아빠만은 언제나 나를 믿어 주셨고 내가 자신감을 갖도록 해
주셨어.

 하지만 단 한 가지 아빠가 알지 못한 것이 있단다. 내겐 다
른 사람보다 위대해지고 싶어 하는 마음이 무엇보다 크다는
점이야.

 '네 나이 또래에는 흔히 있는 일이다.' '다른 여자 아이
는…….' '그런 고민은 자연히 없어진다.' 따위의 형식적인
이야기는 듣고 싶지 않아.

 나는 어디에서나 얼마든지 볼 수 있는 평범한 아이가 아니
라 나만의 개성을 지닌 안네로서 대접 받고 싶어. 아빠는 그
점을 모르고 계셔.

아, 모든 면에서 진정 강하고 용기 있다는 것은 얼마나 어려운 일일까?

'마음 속 깊은 곳에서는 젊은이가 노인보다 고독하다.'

어떤 책에서 이런 구절을 읽은 뒤로 그것에 대해 생각해 봤는데, 그 말이 진리라는 걸 발견했어. 이 곳 생활에서 어른들이 우리보다 더 괴롭다는 것이 사실일까? 아니, 난 그렇게 생각하지 않아. 모든 꿈은 깨어지고 짓밟혀서 인간이 보여 줄 수 있는 가장 추악한 모습들만 가득한 지금, 과연 정의와 신을 믿어야 옳은지, 무엇이 진실인지조차 분명하지 않은 상태에서 우리들은 어른들보다 몇 배나 큰 고통을 겪고 있단다.

우리들 마음에 싹튼 꿈도, 희망도 무서운 현실에 부딪히면 곧 깨어져 버리고 말아.

사실 내가 아직까지 나의 꿈을 버리지 않고 지키려 애쓰는 것이 나 자신도 놀라울 정도야. 너무나 현실과 동떨어져서 도저히 이루어지지 않을 것처럼 보이기 때문이지. 그런데도 나는 나의 꿈을 버리지 못하고 있어.

언젠가 모든 것이 옛날로 되돌아가고 이 괴로움도 끝나서 평화롭고 조용한 세상이 찾아오리라 믿기 때문이야. 그 때까지는 꿈을 가지고 있어야만 해. 정말로 그것이 이루어지는 날이 올지도 모르니까.

1944년 8월 1일 화요일

키티!

전에도 말했지만 나는 이중적인 인격을 가지고 있어. 한쪽의 나는 지나치게 쾌활하고 모든 일을 재미있게 생각하고 적극적이야. 또한 모든 문제를 가볍게 생각해.

나의 이런 면은 언제나 기회를 엿보다가 또 하나의 깊고 순수하고 착한 나를 밀어 내 버리지. 또 하나의 안네를 아는 사람은 하나도 없어서 대개의 사람들은 나를 말괄량이라고 생각해 버리는 거야.

네가 상상할 수 있을지 모르겠지만 지금까지 내가 말괄량이 안네를 숨기려고 얼마나 노력했는지 몰라. 하지만 잘 되지 않았고 왜 그런지도 알고 있어.

나는 보통 때의 나를 알고 있는 사람들이 숨어 있는 나의 다른 면을 알게 될까 봐 겁이 나. 모두가 비웃으면서 진지하게 받아들이지 않을까 두렵기 때문이야.

그래서 사람들은 겉모습만 보고 나를 판단해. 아마도 나의 또 다른 모습을 볼 수 없기 때문이겠지.

나는 무슨 일에도 결코 내 감정을 말하지 않아. 그 때문에 사내아이만 쫓아다니고, 변덕스럽고, 아는 체하고, 연애 소설이나 읽는다는 등의 험담을 들어도 쾌활한 안네는 그것을 웃어 넘기면서 건방진 대꾸를 하고, 어깨를 으쓱하며 마치 아무 일도 아닌 것처럼 행동한단다.

하지만 솔직히 말해서 마음 속에 숨어 있는 조용한 안네는 마음의 상처를 입게 돼. 상처 입은 안네는 자신을 변화시키려고 열심히 애쓰지만 또 언제나 쾌활한 안네가 먼저 얼굴을 내민단다.

마음 속에서 훌쩍이는 소리가 들려.

'너는 동정심이 없고, 거만하고, 고집쟁이처럼 보이니까 모두가 싫어하는 거야. 사려 깊은 안네의 충고에 귀를 기울이지 않기 때문이야.'

당치도 않아. 귀를 기울일 생각은 충분히 있지만 잘 되지 않는 거야. 내가 점잖고 진지하게 행동하면 누구나 이상하게 여기니까 결국 농담을 하는 쾌활한 안네가 될 수밖에 없어.

내가 얌전히 있으면 가족 모두는 병이 난 거라고 믿고, 두통 약이나 진통제를 먹이거나 열이 없는지 이마나 목을 짚어 본 단다.

난 견딜 수가 없어. 그렇게까지 취급당하면 나는 점점 화가 나기 시작하고 슬퍼져서 결국에는 모든 것이 처음부터 되풀이 되는 거야. 좋지 못한 면이 겉에 나와 있고, 좋은 면은 안에 숨어 버리게 되지.

난 내가 바라는 사람이 되는 길을 끊임없이 연구할 거야.

그 후 안네가
세상을 뜰 때까지

    안네 프랑크의 일기는 1944년 8월 1일로 끝났다.

    모두들 머지않아 은신처의 생활이 끝나게 되리라는 희망에 부풀어 있었다. 그러나 마지막 일기가 씌어진 지 사흘 뒤인 1944년 8월 4일, 운명의 날은 닥쳐왔다.

    이 날도 은신처의 사람들은 여느 때와 다름없이 하루를 시작했다.

    안네의 아버지 오토 프랑크 씨는 아침 식사를 한 후, 페터의 영어 공부를 도와 주기 위해 다락방에 올라갔다. 프랑크 씨와 페터가 책상 앞에 마주 앉았을 때, 갑자기 페터의 얼굴이 새파랗게 질렸다. 프랑크 씨도 가슴이 덜컥 내려앉았다. 아래층에서 들려 오는 낯선 남자들의 고함 소리! 어지러운 발소리! 드

안네의 일기

디어 올 것이 왔단 말인가?

아! 결국 모두가 늘 두려워했던 마지막 순간이 된 것이다. 네덜란드의 나치 당원들이 들이닥친 것이다. 다락방에 있던 프랑크 씨와 페터는 순순히 항복하는 수밖에 없었다. 아래층에는 다른 가족들이 하얗게 질려 두 손을 머리에 대고 벽을 향해 서 있었다.

코프하이스 씨와 크라렐 씨도 유대 인을 도와 주었다는 이유로 함께 체포되었다. 모두들 벌벌 떨며 제각기 자기의 소지품을 챙겨야 했다.

은신처의 사람들은 크라렐, 코프하이스 씨와 함께 죄수 호

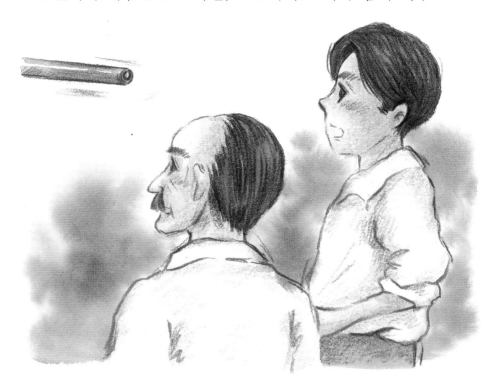

송차에 실려 암스테르담 시내에 있는 게슈타포 본부로 끌려갔다. 프랑크 씨는 곁에 앉은 코프하이스 씨에게 속삭였다.

"코프하이스 씨, 괜히 저희들 때문에……. 당신 곁에 있기가 괴롭군요. 제 마음을 이해해 주시기 바랍니다."

코프하이스 씨는 창백한 얼굴에 미소를 지으며 프랑크 씨의 손을 잡았다.

"그런 말씀 마십시오. 난 전혀 후회하지 않습니다. 앞으로 이런 일이 또 벌어진다면 그 때도 다시 도울 생각입니다."

프랑크 씨의 눈가가 촉촉이 젖어들었다.

코프하이스 씨와 크라렐 씨는 수용소에 끌려가게 되었으나 다행히 전쟁이 끝난 뒤 풀려났다. 그리고 프랑크 가족, 판 단 가족, 뒤셀 씨는 베스테르부르크 수용소로 보내졌다.

몸이 약한 안네는 힘든 노동을 이겨 낼 수 없었다. 마침 수용소의 의사가 프랑크 씨의 옛 친구여서, 다행히 안네는 힘든 일을 하지 않아도 되었다.

9월 3일, 베스테르부르크 수용소의 유대 인들에게 동쪽으로 옮기라는 명령이 내려졌다. 은신처의 사람들은 유대 인 최대의 도살장인 아우슈비츠 수용소에 갇히게 되었다.

건강이 나빠진 판 단 씨는 10월 5일 가스실로 끌려가고 말았다. 안타깝게도 이것이 아우슈비츠에서 일어난 마지막 가스 살인이었다.

1944년 10월 30일, 온갖 어려움 끝에 안네, 마르고트, 판 단 부인은 젊고 건강한 여자로 선발되어 독일의 베르겐 베르젠의 수용소로 보내졌다. 홀로 남겨진 프랑크 부인은 정신 착란을 일으키고, 음식을 먹을 수 없게 되어 1945년 1월 6일, 아우슈비츠에서 죽고 말았다.

베르젠은 모든 것이 아우슈비츠와는 달랐다. 그 곳에는 질서도 없고 점호도 없었다. 식량과 물조차 없고 얼어붙은 황야가 펼쳐져 있으며 굶어 죽어 가는 사람들이 있을 뿐이었다.

판 단 부인은 베르젠에서 죽었으나 그 날이 언제였는지 기억하는 사람은 아무도 없다. 안네는 그 곳에서도 용기와 인내를 잃지 않고 꿋꿋하게 견뎌 나갔다.

1945년 2월, 안네와 마르코트는 둘 다 열병에 걸렸다. 쇠약해질 대로 쇠약해 있던 마르고트는 병을 이기지 못하고 죽고 말았다.

안네는 그 때 이미 병에 걸려 있었기 때문에 사람들은 마르코트의 죽음을 알리지 않았다. 그러나 2~3일 후 안네는 그것을 눈치채고 모든 힘을 잃었다. 며칠 후, 연합군이 이미 프랑크푸르트에 들어와 있던 3월 초의 어느 날, 안타깝게도 안네는 어린 나이로 세상을 떠났다.

1945년 5월, 마침내 전쟁은 끝났다. 몇 달 후에 프랑크 씨는 암스테르담으로 돌아올 수 있었다.

게슈타포가 은신처의 가구들을 실어 간 날, 안네의 일기는 청소부에게 발견되어 미프와 엘리가 보관하고 있었다. 독일군에게 잡히지 않고 살아남았던 미프와 엘리는 혼자 살아 돌아온 안네의 아버지 프랑크 씨에게 이 일기장을 전하였다.

'나의 소망은 죽어서도 영원히 사는 것'이라고 쓴 안네의 바람은 이렇게 이루어진 것이다.

명작이 쏙쏙!
논술이 술술!

명작 에필로그

마주보기

〈안네의 일기〉의 내용을 머릿속으로 정리해 보고 다음 문제들을 풀어 보자.

1. 다음 중 〈안네의 일기〉와 형식이 비슷한 작품은?
   ① 키다리 아저씨
   ② 데미안
   ③ 로미오와 줄리엣
   ④ 로빈슨 크루소
   ⑤ 마지막 수업

2. 안네는 자신의 일기장을 무엇이라고 부르는가?

3. 다음 속담 중에서 안네가 일기를 쓰게 된 이유를 가장 잘 설명한 것을 골라라.
   ① 발 없는 말이 천 리 간다.
   ② 콩 심은 데 콩 나고, 팥 심은 데 팥 난다.
   ③ 공든 탑이 무너지랴?
   ④ 종이는 사람보다 참을성이 많다.
   ⑤ 일찍 일어난 새가 먹이를 먹을 수 있다.

4. 안네의 가족이 달고 있어야 했던 '노란 별'의 의미는?

....

....

5. ㉠에 들어갈 단어를 쓰고, 무엇을 뜻하는지 적어 보자.

지난 일요일 오후 3시, 누군가 초인종을 눌렀어. 나는 베란다에 누워서 햇볕을 쬐며 정신 없이 책을 읽느라 벨 소리를 듣지 못했어. 조금 후에 언니가 당황한 얼굴로 내게 뛰어오더니 목소리를 낮추고 다급하게 말했어.
"안네, 나치 친위대에서 아빠한테 (㉠)을 보내 왔어. 엄마는 이 일로 지금 판 단 아저씨를 만나러 가셨어."

....

....

6. 은신처 식구들은 모두 몇 명인가?
　　① 4명
　　② 5명
　　③ 6명
　　④ 7명
　　⑤ 8명

7. 다음 중 〈안네의 일기〉의 등장 인물에 대해 잘못
   이해하고 있는 사람은?
   ① 나는 안네가 무척 마음에 들어. 은신처에서
      지내면서도 자신의 꿈을 결코 포기하지 않았잖아.
   ② 나는 마르고트가 너무 불쌍해. 페터와 사귀고
      싶었지만 수줍어하다가 결국 안네에게 빼앗기고
      말았잖아.
   ③ 판 단 아저씨 부부는 참견하기를 무척 좋아하는 것
      같아. 안네가 그 부부를 못마땅해하는 게 충분히
      이해가 돼.
   ④ 미프 아주머니와 헹크 아저씨는 너무 훌륭한
      분들이야. 자신이 위험에 처할지 모르는데도
      끝까지 안네의 가족들을 보호해 주었으니까.
   ⑤ 뒤셀 씨는 어떻게 그 외로움을 견뎌 냈을까?
      외국에 있는 가족들과 떨어져서 홀로 은신처에서
      지내야 했는데 말이야.

다음 글을 읽고 물음에 답하라.

나에게만 잘못이 있다고는 생각지 않아. 엄마와 나는 모든 점에서 정반대야. 그러니까 자주 다투는 게 당연한 건지도 몰라. 나는 엄마의 성격을 이해할 수 없지만 이러쿵저러쿵 말하고 싶지도 않아. 나는 단지 엄마를 오직 나의 엄마라고만 생각하고 있을 뿐이야. 그렇지만 엄마는 내게 있어서 엄마답지 못한 점이 많아. 이제 나 자신이 나의 엄마가 되어야 해. 나는 이렇게 우리 집안에서 외톨이야. <u>나 자신이 내 인생의 (   )인 셈이지.</u>

8. (   )안에 들어갈 말을 쓰고, 밑줄 친 부분이 뜻하는 바를 적어 보자.

9. 밑줄 친 문장과 비슷한 표현법을 사용한 문장을 골라라.
   ① 우리 아가 손은 단풍잎 같아.
   ② 어, 저기 버드나무가 손짓을 하네.
   ③ 어린이는 내일의 희망이야.
   ④ 펜은 칼보다 강해.
   ⑤ 정말 너희들은 유유상종이로구나!

10. 〈안네의 일기〉의 배경이 되는 나라는 다음 중 어디인가?

    ① 이스라엘

    ② 독일

    ③ 영국

    ④ 폴란드

    ⑤ 네덜란드

11. 1943년 11월 11일 목요일 일기는 '만년필'에 대한
    내용이다. 다음 중 안네의 만년필에 대한 설명으로 옳지
    않은 것을 모두 골라라.

    ① 이 만년필은 안네가 아홉 살 때, 멀리 아헨에 사시던
       할머니께서 선물로 보내 주신 거야.

    ② 안네가 열 살이 되었을 때, 안네의 부모님께서는
       만년필을 학교에 가지고 다녀도 된다고 허락을
       해 주셨지만 선생님께서는 그냥 학생용 펜을
       사용하라고 하셨어.

    ③ 안네는 6학년이 되어서야 만년필을 사용할 수
       있었어.

    ④ 안네가 열두 살이 되어 유대 인 중학교에 입학했을 때,
       만년필은 지퍼가 달린 멋진 필통으로 이사했단다.

⑤ 안네가 은신처에서 숨어 지내는 2년 동안, 만년필은
   안네를 위해 헤아릴 수 없이 많은 일기와 글을 써
   주었어.

12. 다음 글에 대한 안네의 생각이 아닌 것을 모두 골라라.

┌───┐
│ 사춘기 소녀는 내면적으로 안정됨과 동시에 자신의 신체에 │
│ 일어나는 놀라운 현상에 대해서 마음을 쓰기 시작한다.   │
└───┘

① 이 글은 마치 나를 위해서 씌어진 것 같네.
② 내가 요즘 아빠와 엄마, 언니 앞에서 괜히
   쑥스러워지는 것도 바로 이런 것 때문인 것 같아.
③ 요즘 내게 일어나고 있는 변화는 멋진 일이라고
   생각해. 하지만 신체적인 변화는 조금 부담스러워.
④ 아직 세 번밖에 하지 않았지만, 생리가 있을 때마다
   놀라움과 우울함, 약간의 불쾌한 기분을 느끼곤 해.
   하지만 마음 속에 달콤한 비밀 하나를 숨기고 있는 것
   같아서 기쁘기도 하단다.
⑤ 나는 아직까지 이런 얘기를 언니말고는 어느
   누구와도 나누어 본 적이 없어.

다음 글을 읽고 물음에 답하라.

> 그는 나를 (㉠)에다 제멋대로라고 생각하고, 나는 나대로 페터 같은 (㉡)과는 상대할 필요가 없다고 생각했었지.

13. ㉠과 ㉡에 들어갈 알맞은 말을 써라.

14. 이와 같은 서로에 대한 생각이 바뀌게 된 계기는 무엇인가?

15. 안네와 페터는 무엇 때문에 이렇게 행동했는가?

1. ①

2. 키티

3. ④

4. '유대 인' 이라는 표시

5. ㉠ 호출장 : 유대 인 포로 수용소로 끌려가게 된다는 뜻.

6. ⑤

7. ②

8. 항해사 : 어느 누구의 도움도 기대하지 않고 나 스스로 삶을 개척해 나가야 한다는 뜻.

9. ③ (은유법)

10. ⑤

11. ②, ③, ⑤

12. ③, ⑤

13. ㉠ 수다쟁이　　㉡ 따분한 사람

14. 안네가 자신의 고민을 털어놓을 만한 친구를 찾다가 우연히 페터의 방에 놀러 가게 된다. 그러면서 둘은 서로의 고민을 나누는 친구가 된다.

15. 아무도 자신을 이해하지 못한다는 외로움과 은신처 생활의 고독감을 이겨 내기 위해서

친구하기

〈안네의 일기〉의 내용을 더 깊이 생각해 보고 다음의 내용을 상상해서 적어 보자.

1. 나치 독일이 안네의 가족과 같은 유대 인들을 핍박한 이유를 조사해서 적어 보자.

....

....

....

....

....

2. 안네의 일기장은 은신처 생활을 한 2년 동안 안네에게 어떠한 영향을 끼쳤는가?

....

....

....

....

3. 이 작품 속에 나타난 안네의 성격을 적어 보고,
   자신이 본받아야 할 점은 무엇인지 생각해 보자.

....

....

....

....

....

만약 여러분이라면 어떻게 했을지 다음 문제를 풀어 보자.

4. 미프 아주머니 부부와 포센 씨, 코프하이스 씨 그리고
   크라렐 씨 같은 사람들은 위험을 무릅쓰고 안네의
   가족들을 숨겨 주었다.
   여러분 주위에 이와 같은 어려움에 처한 친구가 있다면,
   어떻게 하겠는가?

....

....

....

....

5. 사춘기 소녀 안네는 부모님과의 갈등과 자기 자신에 대한 문제 그리고 이성 친구에 대한 고민을 일기장에 털어놓고 있다.
   여러분에게도 이러한 고민이 있다면, 솔직하게 일기를 써 보자.

6. 〈안네의 일기〉에 대한 독후감을 안네에게 보내는 편지
   형식으로 적어 보자.

사진으로 보는
〈안네의 일기〉

안네가 모든 것을
털어놓았던 일기장 '키티'

일기를 쓰기 시작할 무렵의 안네(13세)

안네의 아버지
오토 프랑크

안네의 언니
마르고트

안네의 어머니
에디트 프랑크

안네의 가족과 은신처에서
함께 지냈던 판 단 아저씨 부부

안네의 친구 페터

은신처에 마지막으로
합류한 뒤셀

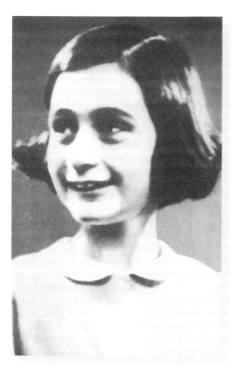

초등학교 3학년 때의 안네
(1938년 5월)

은신처 식구들이
듣던 라디오

은신처의 비밀 문

은신처에서 바라본 뒤쪽의 운하

은신처의 모형. 오른쪽에 사진이
많이 붙은 곳이 안네의 방

은신처의 3층 화장실

은신처 다락방의 창문

다락방으로 올라가는 사다리

오토 프랑크 사무실의
타이피스트였던 엘리

안네가 처음으로 썼던 일기

세계 각국의 언어로 출판된 안네의 일기

어려움을 무릅쓰고
끝까지 은신처 식구들과 함께 했던
크라렐(▲)과 코프하이스(▼)

은신처 식구들을 도와 주었던
미프와 헹크

원작 **안네 프랑크**(1929~1945)

독일 프랑크푸르트에서 태어난 유대 인 소녀로, 이후 네덜란드 암스테르담에서 자랐다.
독일 나치의 박해를 피해 은신처에 숨어 지내는 2년 동안 일기를 쓰면서 외로움을 견뎌 냈다.
1944년 8월에 은신처가 발각되어 유대 인 포로 수용소를 떠돌다가 이듬해 3월,
독일의 베르겐 베르젠 수용소에서 짧은 생을 마감했다.

엮은이 **주유경**

성신여자 대학교 졸업.
엮은 책으로는 <안네의 일기>가 있다.

안네의 일기

2001년 9월 10일 초판 1쇄 발행
2024년 10월 30일 중쇄 발행

원 작 안네 프랑크
엮은이 주유경
그린이 김현정
펴낸이 김병준
펴낸곳 (주)**지경사**
주 소 서울특별시 강남구 논현로 71길 12
전 화 02)557-6351(대표) 02)557-6352(팩스)
등 록 제10-98호(1978. 11. 12)

ISBN 978-89-319-3453-3 73850
잘못 만들어진 책은 구입하신 곳에서 바꾸어 드립니다.